걱정마세요 잘될거예요
꼬마 마술사 부스테르

Busters verden
by Bjarne Reuter

All rights reserved by the proprietor throughout the world in the case of
brief quotations embodied in critical articles or reviews.
Korean Translation Copyright © 2009 by Achimyisul Publishing Co., Seoul
Copyright © 1980 by Bjarne Reuter, Malmö(Sweden)
This Korean edition was published by arrangement with Ia Atterholm Agency/ICBS, Malmö
through Bestun Korea Literary Agency Co, Seoul.

이 책의 한국어판 저작권은 베스툰 코리아 출판 에이전시를 통해 저작권자와의 독점 계약으로
도서출판 아침이슬에 있습니다.
저작권법에 의해 한국 내에서 보호를 받는 저작물이므로 무단 전재와 무단복제를 금합니다.

이 도서의 국립중앙도서관 출판시도서목록(CIP)은
e-CIP 홈페이지(http://www.nl.go.kr/cip.php)에서 이용하실 수 있습니다.
(CIP제어번호:CIP2010001058)

바르네 로이터 지음 | 최호영 옮김

아침이슬

차례

탈의실에 오랑우탄이 나타났다!

그날의 사건은 1층 탈의실에서 시작되었다.

아이들은 부스테르가 수건 대신에 마른행주를 들고 있는 것을 보았다. 체육 시간에 부스테르는 두 번이나 페널티 킥을 실패했고 더구나 축구공으로 체육 선생님 올센의 명치를 맞히는 바람에 올센이 물고 있던 호루라기가 하늘 높이 솟구쳐 오르기도 했다.

"저것 봐! 어릿광대가 수건 대신 행주를 가져왔네!"

헬게가 소리치자 땀에 흠뻑 젖은 다른 아이들도 모두 껑충거리며 날뛰기 시작했다.

“행주라네, 진짜 행주라네.”

“우리 집 수건은 다 빨래통 속에 들어 있단 말이야.”

부스테르는 큰 소리로 외치면서도 예전에 반 친구들이 그의 갈색 장화와 잘록한 코르덴 바지를 놀려 댔을 때처럼 크게 신경 쓰지는 않았다.

“부스테르의 곰팡내 나는 팬티, 10외레(100외레=1크로네)요!”

헬게가 부스테르의 누런 팬티를 집게손가락으로 들어 올리며 크게 소리쳤다.

“이리 내놔, 이 간사한 돼지야!”

부스테르는 씩씩거리며 자기 팬티를 가로채려 했다.

“얘들아, 얘 좀 봐, 얘 좀 봐!”

에스벤이 소리치며 돌돌 말은 수건으로 부스테르의 궁둥이를 후려쳤다. 어느새 부스테르의 옷가지들은 모두 한데 묶여서 이 아이에서 저 아이로 날아다니고 있었고, 옷 주인은 자기 옷을 쫓아 이리저리 뛰어다녔다. 그러는 사이 아이들은 하나둘 옷을 챙겨 입었고 여전히 벌거벗은 채로 있는 부스테르는 점점 더 난감해졌다.

“어서 내 옷을 달란 말이야, 추워 죽겠어!”

“얘들아, 고추 달랑거리는 것 좀 봐!”

옌스 올레가 낄낄거리면서 구석으로 몸을 피했다.

“입 닥쳐, 이 자식아!”

부스테르가 화를 내며 "두고 봐, 언젠가 내가 네 젖꼭지를 뿌리째 뽑아 버릴 테니!"하고 소리치자 다른 아이들은 왁자지껄 떠들며 크게 웃어 댔다.

"우리 예쁜 부스테르야, 오랑우탄 흉내를 한번 내 보지 않을래?"

에스벤이 외쳤다.

"오랑우탄 흉내를 내면 네 걸레 조각을 돌려줄게."

"그래, 그래!"

다른 아이들이 맞장구를 쳤다.

"맹세하지, 에스벤?"

부스테르는 둥근 눈을 커다랗게 뜬 채 마르고 키 큰 에스벤을 올려다보며 물었다. 에스벤은 부스테르의 옷가지를 금발 파마머리 위로 높이 치켜들고 있었다.

"그 대신에 지난번처럼 지우개도 해야 돼!"

생각만 해도 즐거운 듯 헬게가 외쳤다.

"그건 안 돼. 지우개는 절대로 안 돼. 지난번에 지우개 조각들을 다시 빼내는 데 이틀이나 걸렸단 말이야."

부스테르는 고개를 설레설레 흔들고 아이들로부터 등을 돌렸다. 그러자 에스벤은 옷 뭉치를 헬게에게 던지며 말했다.

"뭐, 그렇다면 벌거벗은 채 교실로 가든지……."

하는 수 없다는 듯 부스테르는 지우개를 집어 들었다.

부스테르가 다리를 구부리고 몸을 웅크리자 팔이 10센티미터는 더 길어진 것처럼 보였다. 그리고 다른 아이들이 제대로 보기 전에 반쯤 젖은 머리카락을 쭈뼛하게 세운 채 지우개 두 개를 이빨로 물더니 위아래 입술 사이로 잽싸게 끼워 넣었다. 순식간에 부스테르가 변신했다. 반 아이들은 이것을 벌써 열 번 넘게 보았지만 또다시 환호했다. 아이들 앞에는 콧김을 뿜어내면서 시뻘건 얼굴을 한 진짜 오랑우탄 한 마리가 분노를 억누른 채 으르렁거리고 있었다. 얼빠진 부스테르는 더 이상 존재하지 않았다.

처음에 이 짐승은 그저 목을 구부리고 팔을 흔들어 대며 이리저리 돌아다녔다. 킥킥거리는 아이들에게는 전혀 관심이 없다는 듯 이빨을 드러낸 채 으르렁거리며 이쪽저쪽으로 몸을 흔들어 댔다. 그러다가 귀가 먹먹할 정도로 큰 소리를 내며 베르네르를 덮쳤다. 괴물에 머리카락이 붙잡힌 베르네르는 깜짝 놀라 비명을 지르며 샤워장으로 줄행랑을 쳤다. 이제 본격적인 사냥이 시작되었다. 긴 팔 괴물은 여기저기 뛰어다니며 아이들의 얼굴을 할퀴는가 하면 등에 올라탄 두 명의 아이를 흔들어 떨어뜨렸다. 아이들은 어느 누구도 이 괴물에게 접근하려 하지 않았지만, 그렇다고 이 괴물로부터 1미터 이상 떨어지려고도 하지 않았다.

그러나 오랑우탄이 문간의 깔판 위에 올라가 "나는 킹콩이다. 나는 올센 선생님처럼 생겼다……."라고 외치려는 순간 체육 선생님 올센이 탈의실로 왔다. 불행하게도 원숭이 부스테르는 선생님을 등지고 있었다. 다른 아이들은 모두 얼음땡이 되어 동작을 멈췄건만 부스테르는 혼자 놀이에 열중했다.

"나는 커다란 원숭이다. 내 가슴에는 털이 무성하며, 나는 우리 학교에서 제일 큰 물건을 가지고 있다. 나는 올센 원숭이다……."

그 순간 부스테르가 올센 선생님과 눈이 마주쳤다. 그리고는 똑바로 섰다.

"또 이거냐?" 선생님이 이젠 질렸다는 듯 고개를 흔들며 말했다. "빨리 지우개 빼내고 옷 챙겨 입어. 너희는 이제 가 봐."

올센 선생님이 체육 장비실의 문을 잠그는 동안에 다른 아이들은 왁자지껄 떠들며 계단을 뛰어올라 갔다. 부스테르는 지우개 조각들을 뱉어 냈다. 그 모습을 물끄러미 바라보던 올센 선생님이 입을 열었다.

"너도 일 다 보았으면 올라가야지? 뒤에 탈의실 문도 닫고……. 그리고 샤워장 바닥도 지금 바로 깨끗이 정리하면 좋겠네."

"저는 그저……."

"그래 알아, 부스테르. 너 지난번에는 무슨 짐승을 흉내 냈었더라?"

"하이에나요."

부스테르가 나지막이 말했다.

"그래, 하이에나!……어쨌든, 바닥 정리하는 것 잊지 마, 알았지?"

부스테르는 카우보이 바지를 치켜 입으며 나무샌들 안에 뭉쳐 있던 양말을 빼냈다. 양말을 손에 든 부스테르의 입가에 미소가 번졌다. 그것은 정말로 강력한 양말이었다. 빨강, 노랑, 녹색, 파랑, 검정 줄무늬가 있었으며 줄마다 가라테 표시가 있었다. 그것은 어제 산 새 양말이었다. 원래 아빠는 부스테르에게 새 바지를 사 줄 생각이었다. 지금 입는 바지가 그사이 짧아져서 끝자락이 무릎과 발목의 중간쯤 올라왔기 때문이다. 하지만 새 바지는 거의 150크로네나 했다. 게다가 아빠는 방금 새 마술 도구를 구입한 뒤라 돈이 거의 없었다. 부스테르는 바지 대신에 긴 양말을 사 달라고 했다.

"부스테르, 너는 정말 천재야!"

아빠가 말하자 부스테르는 빙그레 미소를 지었다.

"어째서 천재야?"

"왜냐고? 한 색깔의 바지 대신에 여러 색깔의 양말을 사서 100크로네 이상이나 돈을 절약하니 천재가 아니고 뭐겠어."

양말을 산 뒤 둘은 곧바로 집으로 돌아가기 위해 호베트스알레로 걸었다. 오는 도중에 아빠는 아주 새로운 마술을 보여 주었다. 입에서 샛노란 구슬을 27개나 꺼냈다.

"나는 오스만 제국의 위대한 오스만 황제다!" 하고 외치면서 아

빠는 힘세고 젊었을 때처럼 표범 가죽을 어깨에 걸쳤다. 부스테르
는 숨을 크게 들이쉬며 자신의 근육을 살펴보았다. 주먹을 쥐자 팔
꿈치가 부르르 떨렸다. 새끼손가락을 살짝 움직이자 위팔에 알통
이 생겼다.

"나는 힘센 사나이다." 부스테르는 거울 앞에서 알통을 만들어
보이며 외쳤다. "여기 천장만 없었더라면 이 어마어마한 알통이 점
점 더 커져서 4층 작업실까지 갔을 것이다." 부스테르는 으르렁거
리며 하와이 셔츠를 어깨에 걸친 채 의자 위로 뛰어올랐다.

"신사 숙녀 여러분! 이제 여러분은 부스테르 오레곤 모르텐센이 오른팔 알통을 살짝 움직여서 코펜하겐 초등학교의 4층 건물을 들어 올리는 것을 감상하실 것입니다. 자, 어서들 오십시오. 이제 여러분은 아이들이 겁에 질려 엉엉 우는 소리를 듣게 될 것입니다."

그러나 학교 종소리가 갑자기 부스테르의 상상을 중단시켰다. 마지막 시간. 오세 도세 선생님의 국어 시간이었다. 부스테르는 나머지 옷가지를 후다닥 챙겨 입었다. 그 바람에 주머니의 동전들이 와르르 바닥에 쏟아졌다. 동전들을 줍다 보니 엄마가 건넨 심부름 쪽지가 눈에 띄었다.

"감자, 다진 고기 250그램(송아지고기와 돼지고기), 토마토 3개, 맥주 큰 통 1개, 세실 담배 10갑, 커피용 크림 0.5리터(휘핑크림이 아님!)…… 신선한 것으로."

교실의 아이들이 부스테르를 놀려 대는 소리가 들려왔다. 부스테르는 무덤덤하게 거울을 들여다보았다. 머리카락은 사방으로 뻗쳐 있었다. 거울 속에서는 물처럼 투명하고 파란색의 커다란 눈이 부스테르를 응시하고 있었다. 그러더니 거울에 비친 얼굴이 이빨을 드러내며 웃었다. 그러자 마치 중간에 하나씩 빠진 것처럼 듬성듬성 난 이빨이 훤하게 드러났다. 대신 이빨들은 크고 넓적했다.

"그래, 오세 도세 로세……"

학교가 끝난 뒤 부스테르는 헬게와 에스벤을 쫓아 총총히 계단을 내려왔다. 그들은 에스벤의 워키토키를 가지고 놀 작정이었다. 자기도 같이 놀자고 말하려는 순간에 문득 자기 여동생 잉에보르가 혼자 쓸쓸히 교정에 서 있는 것이 보였다. 갑자기 쏟아진 비에 잉에보르는 이미 흠뻑 젖었다. 부스테르는 가방을 머리에 쓰고 여동생에게 달려갔다.

"비가 이렇게 쏟아지는데 여기서 뭘 하고 있어? 하늘에 난 구멍이라도 쳐다보고 있니?"

잉에보르는 대답도 않고 땅바닥만 내려다보았다. 바닥에는 빗방울이 어지럽게 튀고 있었다. 멀리서 에스벤과 헬게가 자전거를 타고 사라지는 것이 보였다.

"멍청한 라르스."

잉에보르가 혼자 중얼거렸다.

"어느 라르스? 그 애는 어디에 있는데?"

"학교 앞에. 그 애가 오늘 하루 종일 나를 쫓아 다녔어. 나보고 절름발이라고 놀려 대더니 때렸어."

부스테르는 시계를 쳐다보았다. 그러더니 땅에서 돌멩이를 하나 집었다.

"잉에보르, 잘 들어. 이거 가져. 난 지금 너하고 같이 갈 시간이 없어. 장보러 가야 하거든."

“나보고 이 돌멩이로 어떻게 하라고?”

“그냥 라르스한테 가서 던져.”

잉에보르는 돌멩이를 들고 학교 정문 쪽으로 주춤주춤 걸어갔다. 부스테르는 여동생을 바라보았다. 잉에보르는 굽 높이가 서로 다른 신발을 신고 있었지만 한쪽 다리가 다른 쪽 다리보다 6센티미터나 짧은 것을 숨길 수는 없었다. 비는 여전히 억세게 내리고 있었다.

“잉에보르, 잠깐 기다려.”

부스테르가 잉에보르에게 달려갔다.

“라르스, 아직도 거기 있어?”

잉에보르는 몇몇 아이들이 서성이고 있는 운동장 쪽을 가리켰다.

“좋아, 라르스를 불러.”

부스테르는 나지막이 말하면서 화장실 건물 뒤에 숨었다.

“라르스를 부르라고? 뭐라면서 불러?”

“그냥 ‘야, 이 멍청한 개새끼야, 이리 와 봐!’하고 불러.”

잉에보르는 물끄러미 정면을 응시했다. 그리고는 큰 소리로 외쳤다.

“라르스, 이 멍청한 개새끼야, 이리 와 봐!”

부스테르는 고개를 끄덕이며 돌멩이 쥔 손에 힘을 주었다.

“오니? 라르스 오고 있어?”

“응, 그런 것 같아. 모페드 소리 안 들려?”

갑자기 부스테르는 손에 쥔 돌멩이가 아주 무겁게 느껴졌다.

“모페드라니? 그럴 리가. 라르스라는 애가 열다섯 살짜리 뚱보 아니야?”

“다른 애들은 그 애가 열여섯 살이래.”

부스테르는 화장실 첫 번째 칸에 앉아 있었다. 다행히 안에서 문을 잠글 수 있었다. 잠시 후 밖에서 따귀 소리가 들려왔다.

“꺼져, 이 절름발이 년아!” 하는 거친 목소리가 들렸다.

모페드가 부르릉거리며 멀어져 갔다. 부스테르는 화장실에서 나왔다. 가랑비가 아직도 내리고 있었다.

“잉에보르, 저 녀석 어디 사는지 알아?”

잉에보르는 훌쩍이며 고개를 끄덕였다.

“그러면 오늘 저녁에 어두워지거든 내가 너한테 마술을 하나 보여 줄게.”

부스테르는 자신 있는 표정으로 고개를 끄덕이며 잉에보르의 어깨에 손을 얹었다.

둘은 프레데릭순스바이 쪽으로 갔다. 그달은 라일락 향이 사방에 진동하던 때였다.……하지만 그것을 부스테르는 얼마 지나서야 깨달았다.

하늘은 커다란 구멍이야

점차 비가 그쳤다. 신선하고 부드러운 여름 바람이 열린 지붕창을 통해 들어와 막 잠자리에 든 부스테르와 잉에보르의 코끝을 간질였다.

지붕 경사를 따라 비스듬한 벽으로 둘러싸인 작은 다락방은 거실 위에 있었다. 원래 이곳은 거주용이 아니었다. 때문에 방에는 삐거덕거리는 식탁용 의자 두 개와(그중 하나는 다른 하나보다 더 보기 흉한 연분홍색이 칠해져 있었다.) 흉물스러울 정도로 낡아 빠진 침대가 하나 있었다. 낡은 침대는 어른이 쓰기에는 너무 작지만 버리기엔 아까운 모습이었다. 하얗고 작은 옷장이 그 침대에 기댄 채 서 있었다. 옷장에 딸린 서랍은 특별한 방법이 아니면 열리지 않았다. 그 서랍은 잉에보르의 것이었다. 그 안에 무엇이 들어 있는지는 잉에보르만이 알았다. 하지만 부스테르는 언젠가 잉에보르에게 그 안에 아주 예쁘고 오래된 음악상자가 들어 있다는 얘기를 들었다. 음악상자의 뚜껑을 열면 나지막한 선율이 들리면서 작은 발레리나 인형이 거울 앞에서 한 다리로 계속 돈다는.

부스테르와 잉에보르는 네 살과 세 살 때부터 이 다락방을 함께 사용했다. 겨울에는 경사진 지붕 밑에 머리를 두고 누우면 지붕 위의 눈이 녹아 미끄러지는 소리를 들을 수 있었다. 여름에는 반대로 경사진 지붕 밑으로 발을 두고 누우면 지금처럼 비가 그쳤을 때 검푸르게 맑고 높은 하늘에 무수한 별들이 반짝이는 것을 볼 수 있었다.

"왜 양말을 안 벗어?"

잉에보르가 여전히 창밖을 내다보며 속삭였다.

"왜 그렇게 작게 말해?"

부스테르가 중얼거리듯 물었다.

"별이 너무 아름다우니까. 오빠, 양말을 신고 자면 땀이 안 나?"

"아니. 그리고 가라테 표시도 있거든. 저기 작은 별 세 개 위에 있는 커다란 별 보이니?"

잉에보르가 고개를 끄덕였다.

"깜깜한 하늘을 쳐다보고 있으면 왠지 무서워져. 오빠도 그래?"

"하늘은 구멍이야. 아주 커다란 구멍."

"구멍? 어디에?"

"어디라니? 하늘이 그냥 구멍이야."

"그래? 그러면 별들은?"

"별들은…… 그것들은 말하자면…… 물속에 있는 거품 같은 거야."

둘은 아무 말 없이 한동안 누워 있었다. 아빠가 라디오 뉴스를 끄는 소리가 들렸다. 엄마는 일찌감치 잠자리에 들었다. 아침 일찍 일어나야 했기 때문이었다.

"오빠, 아빠와 라르센 아저씨가 낡은 아코디언을 다시 고쳤대. 본격적으로 여름이 오면 젊었을 때처럼 다시 광장에 나가 노래하고 싶다고 그랬어."

라르센 아저씨는 이웃집에 살았다. 아저씨는 일찌감치 직장을 그만두었고 적어도 예순 살은 되었다. 아저씨의 부인 라르센 아줌마는 늘 침대에 누워 있었다. 그래서 거리에서 아줌마와 마주치는 일은 매우 드물었다. 때로는 구급차가 와서 라르센 아줌마를 싣고 가곤 했지만, 언제나 며칠 지나면 다시 집으로 돌아왔다. 부스테르는 종종 오후에 라르센 아줌마 곁에 앉아서 이야기를 나누었다. 햇빛은 오후에 가장 아름답다고 라르센 아줌마는 말했다. 겨울에는 햇빛이 푸르고 부드럽지만 여름에는 둥글고 노랗다는 것도 알려 주었다. 아줌마는 언제나 손수 뜬 밝은 연분홍색 스웨터를 입고 있었다. 라르센 아줌마의 눈과 이빨은 어울리지 않게 크다고 부스테르는 생각했다. 그 대신 라르센 아줌마는 옛날이야기와 동화를 많이 알고 있었다. 마치 길고 하얀 손가락으로 허공에 이야기들을 그려 내는 것처럼 보였다. 부스테르는 라르센 아줌마가 잉에보르에게 음악상자를 몰래 선물했을 것이라고 생각했다. 부스테르는 종종 라르센 아줌마에게 마술을 보여 주었다. 한번은 라르센 아줌마의 알약 통과 병들을 기다란 삼각 모자에 넣고 눈 깜짝할 사이에 모두 사라지게 만들기도 했다.

"자, 이제 약들이 모두 사라졌습니다. 정말 감쪽같이 사라졌습니다."

"아니, 오레곤 씨, 어떻게 이런 일이?"

라르센 아줌마가 놀란 목소리로 말했다.

"아, 이런 끔찍한 일이! 나는 약 없이는 살 수 없어요."

"부스테르 오레곤 모르텐센은 모든 것을 감쪽같이 사라지게 할 수 있지요."

부스테르는 신이 나서 큰 소리로 말했다.

"이제 신비한 마법의 주문을 외울 것입니다. 그사이 아주머니는 사탕 한 개를 드시지요. 그러면 내가 아주머니를 건강하게 만들 것입니다.”

라르센 아줌마는 사탕이 아주 맛있어서 몸이 훨씬 나아진 것 같다고 말했다. 하지만 아줌마는 여전히 침대에 누워 있었다.

부스테르는 잉에보르를 바라보았다.

“아빠와 라르센 아저씨가 다시 밖에 나가 노래하게 되면 나도 같이 갈 거야.”

부스테르는 단호하게 말했다.

“거기서 나는 돈을 걷는 역할을 맡을 거야.”

“나도 같이 가면 안 될까?”

“글쎄, 두고 봐야지.”

부스테르는 몸을 일으켜 침대에 서서 지붕 너머로 밖을 내다보았다. 아주 멀리 벨라호이와 우테르슬레베르 모르(늪) 너머까지도 보였다. 도시는 멀리, 멀리 떨어져 있었으며 커다란 폐물 더미처럼 잠들어 있었다. 잉에보르가 부스테르의 팔 사이로 머리를 들이밀었다. 잉에보르의 긴 머리카락에서 샴푸 냄새가 났다. 잉에보르는 이마가 크고 둥글었다. 그래서 전체적으로 착하고 매우 영리한 인상을 풍겼다.

부스테르는 잉에보르를 찬찬히 바라보았다.

“너는 천사처럼 생겼어.”

부스테르가 작은 소리로 속살거리자 잉에보르는 킥킥 웃었다.

"내 머리카락이 많이 길어져서 그럴 거야. 아니면 오빠가 별을 너무 많이 봤거나."

"어쩌면 너는 정말로 천사일지 몰라. 네가 그것을 모를 뿐이지."

부스테르는 자기의 주장을 굽히지 않으며 일어나 침대에 앉았다.

"그만해. 다리가 이렇게 생긴 천사가 어디 있어?"

'아니야, 그런 쓸데없는 소리 하지 마.'하고 부스테르는 생각했지만 입 밖으로 꺼내지는 않았다.

"전에 한 번 정말로 천사였던 여자아이를 본 적이 있어."

부스테르가 다시 말을 꺼내자 잉에보르는 호기심에 찬 얼굴로 자리에 누워 이불을 덮었다.

"그 아이는 오랫동안 그저 그렇게 집과 학교를 오갔어. 엄마 대신 장도 보고 보통 사람들처럼 아주 평범하게 지냈지."

"그 아인 날개가 있었어?"

"일단 내 얘기를 들어 봐. 당연히 날개는 없었지. 대신에 다리도 있고 팔도 있고……. 아, 맞아! 내가 깜박했네. 그 아이는 팔이 하나밖에 없었어. 이것이 중요해. 팔이 하나밖에 없었지. 하지만 그 아이는 그래도 학교에 다녔어. 너나 나처럼 말이야……."

"팔 때문에 놀림 받지 않았어?"

"당연히 놀림을 받았지. '야, 이 외팔이야! 소피,(그 여자아이 이름이 소피였거든.) 쟤를 한번 껴안아 봐!'라며 놀려 댔어. 또 다른 애들은 '너는 발로 박수 치냐? 팔로 걸어갈 수 있어?……'하고 놀려 댔지."

"그래서 어떻게 됐는데?"

"응, 하루는 그 아이가 집에서 행주를 널고 있었는데…… 저녁이었어, 지금처럼 말이야. 그 아이는 발코니에 서 있었지. 꽃과 조각상들이 있는 아주 큰 발코니였어. 행주를 널고 쓸쓸하게 혼자 서 있는데 갑자기 이상한 느낌이 들기 시작했어. 그러더니 별들과 하늘의 구멍이, 깊고 깊은 구멍이 그 아이를 끌어올리기 시작했어. 그 아이의 뱃속이 근질거리기 시작하더니, 그러다가 날아갔어."

"날아갔다고?"

"응, 아주 멀리. 천사가 된 거지. 그리고 그날 뒤로는 아무도 팔 때문에 그 아이를 놀려 대지 않았어."

잉에보르는 몸을 돌려 부스테르를 똑바로 쳐다보았다.

"그렇다면 그 애에게 날개가 생긴 거야?"

"아니야, 날개는 없었어. 그냥 스스로 날아간 거야."

"그냥 팔 하나 가지고?"

"그래, 그냥 팔 하나만 가지고. 잉에보르, 그래서 사람들이 다시는 그 아이를 놀려 대지 않은 거야. 잘 모르겠어?"

잉에보르는 믿지 못하겠다는 듯 코를 씰룩였다. 부스테르는 등을 돌리고 누웠다. 피곤이 몰려왔다. 멀리서 비행기 소리가 들려 왔다.

문득 생각난 듯 잉에보르가 입을 열었다.

"오빠, 그런데 왜 그렇게 많은 설탕을 라르스의 모페드 휘발유통에 쏟아부었어?"

부스테르는 헛기침을 했다.

"그건 말이지, 왜냐하면……에, 사실 그건 설명하기가 좀 어려워, 잉에보르……."

"그러면 이제 모페드가 가질 않나?"

부스테르가 침을 꿀꺽 삼켰다.

"모페드를 정비소에 맡겨야 하나?"

"맞아, 정비소!"

부스테르가 외쳤다.

"아니면 그 고물 덩어리를 바로 쓰레기장에 버리든가."

부스테르가 신이 난 듯 목소리를 높이자 잉에보르는 미소를 지으며 이불을 코 위까지 덮었다. 그리고 들릴 듯 말 듯 말했다.

"라르스는 그래도 싸."

부스테르는 이내 잠이 들었다. 잉에보르는 누운 채 깜깜한 하늘을 올려다보았다. 아래층에서 아빠가 나지막이 낡은 아코디언을 연주하기 시작했기 때문에 잉에보르는 한참 동안 잠을 이룰 수가 없었다.

잉에보르는 작은 라일락 가지 하나를 양치질 컵에 꽂아 하얀 옷
장 위에 올려놓았다. 부스테르가 숨을 내쉴 때마다 라일락꽃이 흔
들거렸다. 그리고 숨을 들이쉴 때마다 라일락 향기가 부스테르의
코를 간질였다.

잉에보르는 미소를 지으며 지붕의 창문을 닫았다.

여름아,
부드럽고 달콤하게 있어 다오

잉에보르는 잠에서 덜 깬 표정으로 거실로 내려왔다. 엄마가 파란 잠옷 차림으로 식탁에 앉아 있었다. 엄마는 피곤해 보였다. 고개를 앞으로 툭 떨어뜨린 채 식탁보만 바라보고 있는 것 같았다. 이마를 받치고 있는 손가락 사이에서 담배 연기가 피어오르고 있었다. 엄마의 갈색 염색머리 밑으로 원래의 밝은 머리카락 색깔이 내비쳤다. 가르마가 밭고랑 같았다.

"귀리가 다 떨어졌어."

엄마는 혼잣말처럼 중얼거리다 잉에보르를 쳐다보았다.

"커피 한 잔 마시렴. 소리 내지 말고."

엄마는 하품을 하면서 씁쓸한 표정을 지었다.

"아빠는 아직 주무신단다."

잉에보르는 살금살금 침실 문으로 다가가 살짝 안을 들여다보았다. 아빠는 옷을 모두 입은 채 침대에 비스듬히 누워 있었다. 아빠의 숨소리는 마치 말이 콧김을 내뿜는 듯 거칠었다.

잉에보르 뒤에서 엄마가 실내화 끄는 소리가 들렸다.

"잉에보르, 아빠가 예뻐 보이지 않니? 아빠를 잘 봐봐. 저기에 우리 살림의 나머지가 누워 있잖아. 큰 맥주 10병에다 독주 0.5리터……. 어서 나가자."

엄마는 실내화를 끌면서 다시 의자로 돌아와 앉으며 말했다.

"하지만 그것 빼고는 다 좋아!"

잉에보르는 커피 한 잔을 따라 마셨다.

"이제 우리 집에 돈이 한 푼도 없는 거야?"

"아니, 50크로네 짜리 하나 있지. 내가 저 위 과자 병에 숨겨 두었단다. 아빠한테 돈이 있다고 말하면 안 돼. 아빠가 공연을 나가면 어떻게 되는지 너도 잘 알잖아. 어쨌든 아빠한테 돈이 있다는 얘기를 하면 안 된다, 알았지?"

잉에보르는 고개를 끄덕였다.

"오빠는 일어났니?"

“지금 막 마술옷을 입고 있어.”

“마술옷?”

“응, 학교에 가서 친구들을 깜짝 놀라게 해 줄 거래. 빨간 셔츠 있잖아. 라르센 아저씨가 준 거. 그 옷을 입고 일곱 개의 비밀 표시가 있는 혁대를 찼어. 여러 색깔의 종이끈 마술을 하려는 것 같아. 엄마도 알잖아. 종이끈들을 끝없이 입에서 꺼내는 마술.”

엄마는 고개를 끄덕이며 미소를 지었다.

“그래. 내가 아는 사람 가운데 네 오빠와 닮은 사람이 있는 것 같아.”

그 순간 부스테르가 계단을 어슬렁어슬렁 내려왔다. 그는 정말로 마술사 복장을 하고 있었다.

“저는 위대한 마술사 부스테르 오레곤…….”

“쉿, 아빠 깨잖아.”

잉에보르가 속삭이며 킥킥 웃었다. 부스테르는 식탁 의자에 앉았다.

“그런데 입 주변이 왜 이러니?”

엄마가 부스테르의 입술을 가리켰다.

“종이끈. 입 안에 숨겨 놨거든.”

엄마는 담배를 끄고 부스테르를 똑바로 바라보았다.

“공연은 언제 할 건데?”

"둘째 시간에. 자유 시간이거든."

"아니, 그러면 수학 시간 내내 종이를 입에 물고 앉아 있을 거란 말이냐? 이 복장을 한 채로?"

부스테르는 싱긋 웃으며 고개를 가로저었다.

"마술 셔츠 위에 스웨터를 입을 거에요. 애들을 깜짝 놀라게 해야 하니까."

엄마는 자리에서 일어나 부엌으로 갔다. 그리고 아이들이 학교에 가지고 갈 빵을 나눠 주었다.

"그런데 너, 오늘 오후에 우유 가게에 갈 거니?"

"넵."

부스테르가 대답했다.

"정말로 할 수 있겠니? 자신 있어?"

"그럼요!"

잉에보르도 자리에서 일어났다. 학교 갈 시간이었다. 부스테르가 머리 위로 스웨터를 눌러 입고 둘은 이내 집을 나섰다. 하지만 부스테르는 여느 때처럼 수학 시간에 늦게 들어갔다. 학교 가는 길에 나머지 수학 문제 2개를 마저 풀어야 했기 때문이었다.

그러나 오늘은 곱하기조차 부스테르를 당황하게 만들지 않았다. 오늘은 부스테르 오레곤 모르텐센이 정말로 어떤 사람인지를 모든 멍청한 인간들에게 제대로 보여 줄 참이었다.

부스테르의 계획은 예상대로 진행되는 듯했다. 수학 시간 내내 그는 기대에 부푼 마음으로 말없이 꼿꼿한 자세로 앉아 있었다. 물론 두꺼운 스웨터와 입 안의 종이끈들 때문에 상당히 고통스럽기는 했다. 드디어 자유 시간이 되었다. 부스테르는 온몸에 긴장이 감도는 것을 느낄 수 있었다. 그런데 이게 웬 일인가, 담임 오세 도세 선생님 대신에 비기 선생님이 크리켓 배트와 공을 들고 터벅터벅 교실로 들어왔다. 2분 뒤 학급 전체는 크리켓을 하기 위해 운동장으로 향해야 했다. 그는, 부스테르 오레곤 모르텐센은 그의 모든 재능을 숨긴 채 그냥 자리에 앉아 있었다.

부스테르는 천천히 계단을 내려갔다. 점점 입천장이 끈적끈적해졌다. 그때 18번 방 앞에서 서성이던 두 아이가 눈에 띄었다.

"어이구, 이게 누구야?"

부스테르는 거드름을 피우며 말했다.

"이렇게 수업을 빠져 나온 친구들이 도대체 누구신가?"

두 녀석은 씩 웃으며 우쭐해했다. 그들은 골 때리는 부스테르를 잘 알고 있었다. 부스테르는 언젠가 자기 생일에 직접 만든 깃발을 깃대에서 뽑아 높이 든 적이 있었다. 깃발에는 빨간 글씨로 다음과 같이 쓰여 있었다.

'축 생일, 부스테르 오레곤 모르텐센.'

"너희, 세상에서 가장 어려운 마술을 한번 보지 않을래?"

부스테르가 은밀히 속삭였다. 두 아이는 신나서 고개를 끄덕였다. 두꺼운 스웨터가 순식간에 복도 구석으로 날아가자 새빨간 마술 셔츠가 어두운 복도에서 빛을 발했다. 부스테르는 "하하"라고 세 번을 외치면서 뾰족한 모자를 머리에 썼다.

"신사 숙녀 여러분! 이 손가락을 잘 보십시오. 모두들 꼼짝하지 마시고 이 손가락을 똑바로 보십시오. 이제 저는 저의 온갖 내장들을 꺼내 보일 것입니다. 그렇습니다, 놀라지 마십시오. 이제 여러분이 똑똑히 보는 앞에서 길이가 자그마치 16.5미터나 되는 내장들을 이 뜨거운 목구멍에서 끄집어낼 것입니다. 자, 이제 첫 번째 것이 나옵니다!"

부스테르의 입술 사이로 빨간 끈이 나타났다.

아이들은 눈을 커다랗게 떴다.

부스테르는 끈을 계속 끄집어냈고 끈은 점점 더 길어졌다.

"으으, 내 창자, 내 창자!"

마술사는 아주 실감나게 고통에 찬 신음 소리를 냈다. 너무나 실감나게 연기를 하느라 누군가 뒷짐을 진 채 자기 뒤에 서 있는 것을 알아채지 못했다. 아이들 눈에 나타난 공포감이 자신의 무시무시한 연기 때문이라고 생각했다. 빨간 끈을 2미터나 울부짖으며 입 밖으로 빼낸 뒤에야 비로소 그는 자신을 바라다보면서 고개를 상하로 까닥이고 있는 교장 선생님을 발견했다.

부스테르는 끈을 다시 입 안으로 집어넣으려고 했다. 교장 선생님은 차가운 눈빛으로 마술 모자를 째려보았다.

"부스테르 모르텐센, 여기서 뭐하고 있는 거냐?"

"내장을 꺼내고 있어요."

부스테르 대신 두 아이 중 하나가 대답했다. 부스테르는 그냥 미소를 살짝 지을 수밖에 없었다.

"지금 수업 시간 아니니?"

부스테르는 고개를 끄덕였다. 그러나 더 이상 뭐라고 말해야 좋을지 몰랐다. 입에는 빨간 끈이 길게 늘어져 있었다.

"일단 교장실로 가자."

교장 선생님은 뒤돌아 단호한 걸음으로 앞서 걸어갔다.

부스테르는 이미 두 번이나 교장실에 불려 간 적이 있었다. 첫 번째는 그가 에스벤과 함께 교무실 소파 뒤에 마이크로폰을 설치했을 때였다. 마이크로폰은 자전거 창고의 스피커에 연결되어 있었다. 상당한 돈을 지불하고 창고에 몰려 있던 아이들은 공예 선생님 크리스텐센이 자신의 엉덩이에 난 종기에 대해 하르트만 부인에게 이야기하는 것을 재미나게 들을 수 있었다. 두 번째는 오세도세 선생님의 가방에 도마뱀을 넣었을 때였다.

교장 선생님은 부스테르에게 등을 돌린 채 서 있었다. 그는 마치 그 자리에 아무도 없는 것처럼 행동했다. 부스테르는 그것이 교장 선생님의 오래된 술책 가운데 하나라는 사실을 잘 알고 있었다. 사람들로 하여금 자신이 왜소하고 중요한 인물이 아니라는 느낌을 갖게 함으로써 교장의 뜻에 더 고분고분 따르게 만들려는 것이었다. 부스테르는 이 모든 것을 잘 알고 있었지만 그래도 커다란 교장 책상 앞에서 자신이 점점 더 작아지는 느낌을 지울 수 없었다. 2층의 교장실은 매우 조용했다. 어쩌면 교장실은 방음 장치가 되어 있을지도 몰랐다. 부스테르로서는 그것을 알 도리가 없었고, 어차피 긴 빨간 끈을 마술 셔츠 속으로 숨기느라 정신이 없었다. 부스테르는 긴 끈을 차마 끊을 수 없었다. 그러면 그 끈은 더 이상 사용할 수 없기 때문이다.

마침내 교장 선생님이 심각한 표정으로 몸을 돌렸다. 뭔가 벼락이 칠 것 같은 분위기였다. 부스테르는 뾰족한 모자를 벗는 것이 좋겠다는 생각을 했다.

"입 안의 종이끈도 빼내는 것이 좋지 않을까?"

교장 선생님이 나지막하게 말했다. 부스테르는 조심스럽게 말아 넣었던 1미터의 빨간 끈을 빼냈다. 교장 선생님은 부스테르를 물끄러미 바라보았다.

"혹시 입 안에 또 다른 종이들이 있다면 그것들을 모두 한꺼번에 꺼내려고 서둘 필요는 없다. 천천히 해."

부스테르는 목구멍으로 손가락을 집어넣어 2미터짜리 녹색 종

이를 둘둘 말면서 끄집어냈다. 그것에 뒤이어 3미터짜리 오렌지
색깔의 종이와 2미터짜리 파란색 종이가 나왔다. 교장선생님은 입
을 벌린 채 놀랍다는 표정을 지었다. 그리고 여비서가 문 사이로
머리를 들이밀며 커피가 데워졌다고 말하는 것조차 전혀 알아듣지
못했다. 부스테르는 모두 합쳐서 17미터 86센티미터의 색종이들
을 입에서 꺼냈다. 마지막 종이가 밖으로 나오기까지 5분은 족히
걸렸다. 커다랗고 번득이는 책상 위에서 전화벨이 울렸다.

"여보세요, 슐뤼터입니다."

교장 선생님은 부스테르에게서 눈을 떼지 못한 채 중얼거렸다.

"아, 장학사님! 안녕하세요?……네, 저도 감사합니다. 네, 증축
공사 때문에……."

교장 선생님은 말을 잇지 못했다. 바로 그 순간 부스테르의 입에
서 하얀 달걀이 뿜어져 나왔기 때문이었다.

"에, 장학사님, 에, 그러니까, 죄송합니다. 이야기가 끊겨서……
실은 지금…… 에, 그러니까……."

교장 선생님은 막 달걀을 꺼낸 부스테르에게 나가 보라고 손짓
했다. 부스테르는 달걀을 다시 입에 넣고 교장실을 나왔다. 그러나
대기실에 발을 들여놓는 순간 뾰족한 모자를 두고 온 것이 생각났
다. 때문에 부스테르는 다시 교장실로 가야만 했다. 교장 선생님은
문 쪽을 등진 채 의자에 앉아 계속 통화를 하고 있었다. 부스테르

는 방해가 되지 않도록 조심스럽게 행동했다. 게다가 그는 아직 자신의 최고 마술, 나일론 스타킹을 머리에 쓴 채 열 개의 뜨개바늘을 귓속으로 집어넣는 마술을 선보이지 못했다. 그는 교장 선생님이 통화를 끝내기 전에 이 마술을 선보일 준비를 하기로 마음먹고 잽싸게 나일론 스타킹을 준비했다. 그리고 교장 선생님이 수화기를 놓고 돌아서는 순간 그는 이미 세 개의 뜨개바늘을 귓속으로 반쯤 집어넣고 있었다.

부스테르는 스타킹 뒤에서 상냥하게 미소를 지어 보였다. 이번에는 틀림없이 교장 선생님이 자신에 대해 달리 생각하게 될 것이라고 확신했다. 그러나 신경이 예민한 편인 교장 선생님은 미소 짓는 부스테르를 보자마자 완전히 넋을 잃고 말았다. 교장은 3월의 황소 새끼처럼 으르렁대다 바퀴 달린 의자에 걸려 소파가 있는 곳까지 미끄러졌고 그 바람에 튤립 열 송이가 꽂힌 꽃병이 바닥에 떨어졌다. 와당탕, 쨍그랑 하는 요란한 소리에 놀라 커피를 준비 중이던 여비서와 다른 직원들이 교장실 문을 열고 뛰어 들어왔다.

"얘, 내보내! 얘 좀 내보내!"

교장이 황급히 외쳤다.

결국 부스테르는 여비서가 불러온 수학 선생님 마르틴센에 이끌려 그의 작은 방으로 갔다. 그곳은 멍청한 짓을 하거나 뻔뻔한 짓을 한 아이들이 머물면서 힘든 시간을 보내야만 하는 곳이었다. 그곳에서 부스테르는 한참 동안이나 꾸중을 들어야 했다. 점잖은 신사로서 평생 학교를 위해 혼신의 노력을 바치신 교장 선생님이 앞으로 편두통에 시달린다면 부스테르의 책임이라는 얘기였다. 아울러 여비서가 새로 산 치마에 커피를 쏟은 일도 그의 탓이라는 꾸중을 들어야만 했다.

부스테르는 그저 몇 가지 마술을 선보였을 뿐이라고 주장했다.

"내가 너한테 마술이 무엇인지를 가르쳐 주지, 부스테르 모르텐센!"

수학 선생님이 고함을 치면서 계산자를 책상에 내려치는 바람에 계산자의 미끄럼대가 빠졌다.

"너는 계산도 못하잖아, 안 그래? 도대체 커서 뭐가 되려고 그러냐? 당연히 아무 생각도 없겠지. 그저 머리에 뜨개바늘이나 쑤셔 넣고 입에서 끈과 달걀을 꺼낼 줄만 아니까. 우리나라에 실업자는 이미 충분해. 맞아, 네 아빠도 실업자 아니냐?"

"저희 아빠는 마술사예요. 광장 가수이기도 하구요."

부스테르가 나직이 말했다.

"그렇지. 내가 그럴 줄 알았어. 그래, 너도 그렇게 되겠지. 애야, 만약 네가 지금 정신을 차리지 않는다면 너는 어쩔 수 없이 곧바로…… 아니야, 네가 무엇이 될지 나도 모르겠다. 너 같은 애는 청소부로도 써 주지 않을 거야."

수학 선생님은 그 밖에도 많은 이야기를 했다. 그리고 마침내 그 방에서 나왔을 때 부스테르의 마음은 매우 심란했다. 나는 크면 무엇이 될까? 어쨌든 청소부는 될 수 없다니, 그거만큼은 다행스러운 일이지. 이제 부스테르는 여느 때와 마찬가지로 집으로 갈 수 있었다. 비록 빙하 시대와 유틀란트 반도의 눈보라에 대해 공부할 자연 수업 두 시간이 아직도 남아 있었지만 말이다.

부스테르는 베케스코우바이에서 마치 여름 전체가 그곳에서부터 오는 것처럼 향기가 나는 장소를 알고 있었다. 그 향기가 어느 덤불이나 나무 또는 산울타리에서 풍기는 것인지 알지 못했지만 어쨌든 그것은 향기로운 냄새였다. 그리고 그게 전부가 아니었다. 향기가 가장 강한 바로 그곳에는 하얀 덧문이 달린 커다랗고 노란 집이 한 채 있었기 때문이었다. 덧문이 늘 잠겨 있는 그 집은 묘한 분위기를 풍겼다. 마치 깊은 잠에 빠져 있는 듯 보였다. 어느 날 부스테르가 약간 몽롱한 눈빛으로 향내를 맡으며 코를 킁킁거리고 있었을 때 갑자기 그 집 창문이 열리는 소리가 들렸다. 그 소리가 마치 자기 머리 위로 떨어진 것 같아 냄새 맡는 일을 멈추고 위를 올려다보았다. 창문으로 파마머리의 한 소녀가 나타났다. 다행히 그날 부스테르는 하와이 셔츠를 입고 있었기 때문에 그 소녀의 눈에 바로 띄었다. 소녀는 열두세 살쯤 되어 보였다.

"너, 여기서 뭐 하니?"

"냄새를 맡고 있지."

부스테르는 외치면서 가슴을 활짝 펴고 공기를 한껏 들이마셨다. 소녀가 웃었다.

"무슨 냄새를 맡는데?"

"여기서는 아주 향기로운 냄새가 나. 너는 모르겠니?"

소녀는 창밖으로 몸을 쑥 내밀어 공기를 깊이 들이마셨다. 소녀는 하얀 옷을 입고 있었다.

"으음, 그런 것 같기도 하네."

순간 부스테르는 마음속으로 소녀가 계속 창가에 있기를 바랐다. 그러나 이렇게 향기가 가득한 가운데 하얀 옷을 입은 파마머리의 소녀에게 무슨 말을 해야 좋을지 몰랐다. 어쩌면 그래서 이 셔츠가 하와이에서 만든 것이며 자기가 그곳에서 직접 사온 것이라고 거짓말을 했는지 모른다. 사실 그 옷은 후숨에서 산 것이었으며, 부스테르는 지금까지 살면서 스토어 헤딩에보다 더 멀리 나가본 적이 없었다.

나중에 그 소녀 생각을 하게 되었을 때 부스테르는 거짓말한 것을 후회했다. 어쩌면 그 거짓말 때문에 자기가 향기를 맡으러 다시 그곳을 찾았을 때 소녀가 창가에 나타나지 않았을지 모른다고 생각했다.

오늘 이 시간에 부스테르는 베케스코우바이로 향기를 맡으러 잠

간 산책을 다녀올까 하고 생각했다. 그러나 그는 우유 가게로 가야

했다.……

　　우유 가게로 향하면서 부스테르는 짧은 시 한 편을 지었다.

　　　여름은 가장 아름다운 시기

　　　꽃향기가 멀리까지 가득하네.

　　　오, 여름이여.

　　　이제 마술은 그만,

　　　이제 제대로 된 일을 해야 하니까

　　　배달부의 일을.

　　　오, 여름이여. 이렇게 부드럽고 달콤하게 있어 다오.

　　　온갖 아름다운 색들과 함께

　　　이 부스테르를 위하여!

보름달이 뜨면
팔이 세 개가 되잖아

"너, 전에도 이런 일을 해 본 적이 있니? 내가 보기엔 좀 어린 것 같은데……."

"제가 나이에 비해 좀 작아요."

부스테르는 뾰족한 모자를 벗으며 대답했다.

"너도 알겠지만, 우유를 나르는 일이 쉬운 일은 아니거든."

우유 가게 주인 올센 씨는 몸집이 크고 뚱뚱했다. 그는 하얀 작업복을 입고 있었으며 가슴 주머니에는 빨간색과 파란색의 볼펜이 꽂혀 있었다.

“저는 매일 저녁에 운동을 해요.”

“운동? 왜?”

“근육을 단련시키려고요. 저희 아빠는 옛날에 ‘위대한 오스만’이 었어요. 200킬로그램도 더 나가는 무거운 공을 들기도 했지요.”

우유 가게 주인은 고개를 돌려 아내를 바라보았다. 아내도 마찬가지로 뚱뚱했지만 키는 부스테르보다 그리 크지 않았다. 부스테르가 우유 가게에 들어선 이후 줄곧 까치발을 하고 있었기 때문이었다. 올센 아줌마가 물었다.

“부모님도 네가 이 일을 하려는 걸 알고 계시냐? 괜히 문제가 생기면 안 되니까 하는 얘기야.”

“그럼요.”

부스테르는 단호하게 말했다.

“그렇다면 좋아. 금요일 세 시부터 일을 시작하기로 하자. 그런데 배달자전거는 타본 적이 있니?”

“그럼요, 자주 타 봤어요.”

부스테르는 거짓말을 했다. 우유 가게 주인이 종이 한 장을 가지고 나왔다.

“이름이 뭐지?”

“부스테르요.”

“그다음은? 그런데 이게 너의 정식 이름 맞지?”

“그럼요. 제 이름은 부스테르예요. 부스테르 오레곤 모르텐센이
요.”

“부스테르 뭐?”

“오레곤 모르텐센.”

이번에는 매우 천천히 또박또박 대답했다.

“너 외국인이냐?”

우유 가게 주인이 미덥지 않다는 표정으로 물었다. 부스테르는
자신 있게 미소 지으며 말했다.

“아니요.……저희 할아버지는 유명한 대포알 사나이 오레곤이었
어요. 올센 아저씨도 틀림없이 아실 거예요.”

“아니, 나는 모르겠는데.”

“할아버지는 분할 농지 바로 맞은편에 있는 옛 후숨에서 공연을
하셨지요. 사람들은 그 농지를 가리켜 벨레뷔라고 불렀어요.”

“그 농지를 뭐라고 불렀는지는 알아. 우리도 우유 가게를 열기
전에 그곳에서 작은 땅을 경작했었지.”

올센 씨가 시큰둥하게 말했다. 그때 올센 아줌마가 판매대 뒤에
서 나타나 부스테르를 호기심 어린 눈으로 바라보면서 말했다.

“나는 네 할아버지가 누군지 알 것 같다. 나는 후숨 극장 바로 뒤
에서 태어났거든.”

“판잣집에서.”

우유 가게 주인이 작은 소리로 덧붙였다.

"네 할아버지는 키도 크고 위풍당당한 사나이였지. 검은 콧수염이 덥수룩했고."

부스테르가 환한 얼굴로 외쳤다.

"맞아요, 맞아요. 그리고 공중으로 발사될 때는 늘 훈장을 달고 계셨지요."

"훈장은 아마 자기가 직접 만든 것일걸."

우유 가게 주인은 퉁명스럽게 말하면서 가장 오래된 우유 상자들을 먼저 팔리도록 앞으로 옮겼다.

"네 할아버지를 처음 본 건 라레도 티볼리에서였어. 아이고, 그러고 보니 그게 벌써 1930년대 얘기구나. 나는 그때 겨우 여섯 살이었지만 오레곤 씨가 참 멋져 보였어. 부스테르야, 그런데 할아버지는 돌아가셨니?"

부스테르는 슬픈 표정으로 고개를 끄덕였다.

"머물고 계시던 양로원 지붕 위에서 뛰어내리셨어요."

"어떻게 그런 일이……."

올센 아줌마가 한숨을 쉬었다.

"그야말로 최후의 비행이었구먼."

안쪽 방에서 이야기를 듣고 있던 올센 아저씨가 비꼬듯이 말했다.

"자, 이제 가 봐라, 꼬마야! 우리는 여기 죽치고 서서 시시껄렁한 잡담이나 늘어놓고 있을 만큼 한가한 사람들이 아니란다."

부스테르는 급히 문 쪽으로 향하면서 속삭였다.

"올센 아주머니, 제가 금요일에 할아버지 사진 한 장 가지고 올까요?"

올센 아줌마는 신나서 고개를 끄덕이고는 친절하게 손을 흔들어 주었다. 부스테르는 당장 입 안에서 종이끈을 꺼내 보이고 싶은 충동을 느꼈지만 뾰족한 모자를 다시 쓰는 것으로 만족했다.

부스테르는 프레데릭순스바이를 따라 시장으로 달려갔다. 그는 하루 중에 이때가 가장 좋았다. 집과 나무와 주차된 차들의 그림자가 길어지면서 이리저리 움직이기 시작했기 때문이었다. 세상에 줄무늬가 추가되고 햇빛이 노란 오렌지 빛으로 퍼지면 사람들의 얼굴은 한결 여유롭게 보였다. 그리고 이따금 들려오는 차들의 경적 소리, 물건을 사려는 사람들의 분주한 움직임, 손님들을 끌어들이려는 점원들의 호객 소리 들이 뒤섞여 소란스러울 때면, 그 모든 소음 속에서 갑자기 구멍이 하나 생겨나곤 했다. 그것은 밤나무에 앉아 있는 작은 새의 지저귐이나 늪지에서 돌아온 비둘기 떼의 소리가 문득 들려오는 이상야릇한 고요함이었다. 그럴 때면 사람들은 고개를 들어 위를 한 번 쳐다보았다가 서로를 바라보고는 아무 일도 없었다는 듯 다시 평상시의 소음으로 돌아가곤 했다. 부스테르는 이 길고도 부드러운 여름의 오후를 사랑했다. 물론 그렇다고 해서 오전이 전혀 매력없는 것은 아니었다. 다만 오전은 너무 조심스럽고 부드러우면서도 밝은 연분홍색을 띠고 있어 아직 여물지 않은 느낌이었다. 부스테르는 서둘렀다. 빨리 집에 가서 잉에보르에게 새 일자리와 특히 짐바구니가 달린 멋진 자전거에 대해 이야기해 주고 싶었다.

부스테르는 호베트스알레를 따라 나무 주위를 빙글빙글 돌면서 휘파람을 불며 집으로 향했다. 그의 가족이 사는 작은 집은 회색이었으며 거기에 딸린 더 작은 정원에는 많은 민들레와 빨간 벤치가 있었다. 잉에보르는 벤치에 앉아 채색된 유리 조각을 들여다보고 있었다.

"심살라빔, 밤바, 살라두 살라, 우유 가게!"

부스테르는 노래를 부르며 정원 문을 짚고 뛰어넘으려 했다. 그러나 충분히 높이 뛰어오르지 못하는 바람에 제대로 꽝 소리를 내며 석판에 부딪히고 말았다. 부스테르가 다시 두 발로 똑바로 섰을 때 잉에보르가 말했다.

"아, 오빠! 집에 들어가지 마. 아빠가 난리 났어. 엄마가 숨겨 놓은 돈이 어디에 있는지 내가 말을 안 했거든."

"아빠 술 취했어?"

잉에보르는 유리 조각을 주머니에 넣었다.

"그것보다 더 심각해. 숙취 때문에 힘들어 하고 계시거든."

"불쌍한 아빠."

부스테르가 한숨을 쉬며 벤치에 앉았다.

“맞아. 그리고 오빠도 불쌍해.”

잉에보르가 아주 나직이 말했다. 부스테르는 무슨 뜻이냐는 듯 잉에보르를 바라보았다. 잉에보르가 염려스러운 얼굴로 고개를 끄덕이며 말했다.

“라르스가 오빠를 찾고 있어.”

“어느 라르스?”

“어느 라르스긴? 모페드를 타는 라르스지.”

“내가 그랬다는 걸 어떻게 알았지?”

“오빠 반에 작은 애 있잖아, 옌스 올레. 우리가 그날 저녁에 설탕 봉지를 들고 살금살금 가는 것을 개가 보았대.”

부스테르는 뾰족한 모자를 머리에 썼다. 이제 심각하게 고민해야 할 시간이었다.

“똥 밟았군.”

“옌스 올레가 그러는데 라르스가 오빠를 붙잡기만 하면 목 졸라 죽일 거래.”

부스테르는 허공을 응시했다. 사방은 아주 조용했다. 어디서 잔디 깎는 소리 외에는 자신의 숨소리만 들렸다.

“그럼 이제 어떡하지, 잉에보르?”

부스테르의 작은 여동생이 길이가 다른 두 다리를 앞으로 쭉 뻗었다.

“옌스 올레를 잘 달래서 오빠가 그런 게 아니라고 라르스한테 다시 말하게 하면 어떨까?”

부스테르는 여동생을 바라보았다. 그리고 뺨에 흠뻑 입을 맞췄다.

“잉에보르, 너는 정말 천재야. 맞아! 옌스 올레를 개네 엄마도 못 알아볼 정도로 호되게 패는 거야.”

잉에보르가 눈살을 찌푸리며 말했다.

“안 돼, 오빠.”

“뭐가 안 돼?”

“옌스 올레를 패는 것 말이야. 그러면 개가 또 복수하려고 할걸. 뭔가 다른 아이디어를 짜내 봐.”

“다른 아이디어라, 다른 아이디어라. 그 크고 무시무시한 라르스가 우리 주변을 계속 왔다 갔다 하고 있어. 그 자식이 언제 어디서 나타나 내 목을 조를지 몰라. 오랫동안 생각할 겨를이 없어!”

그러면서 부스테르는 동생에게 자기 목을 졸라 보였다.

“옌스 올레한테 무슨 속임수를 쓸 수 없을까? 오빠는 마술 잘하잖아. 뭐 좋은 생각 없어?”

“마술이라.”

부스테르는 중얼거리며 씨무룩한 표정으로 수학 선생을 머릿속에 떠올렸다.

“그런데 오빠 아직도 그 팔 가지고 있어?”

“팔이라니?”

“오빠가 여덟 살 되었을 때 아빠가 준 팔 있잖아. 그 인조 팔.”

“옌스 올레한테 그 인조 팔을 선물하자고? 너 돌아 버린 것 아냐?”

“아니야, 오빠도 알듯이 옌스 올레는 남들이 갖고 있는 것은 무조건 죄다 가지려고 하잖아. 게다가 남들보다 더 많이 가지려고 하지. 아마 개가 갖고 있지 않은 건 아무것도 없을걸. 기어 16단짜리 경주용 자전거 두 대, 전기 열차, 완벽한 드럼 세트, 수족관 4개에다 워키 토키까지. 오빠가 그렇게 말했잖아.”

부스테르는 고개를 끄덕였다.

“옌스 올레, 그 자식…….”

부스테르가 한숨을 쉬며 말했다.

“왜? 오늘 무슨 일이 있었어?”

부스테르는 재수 없었던 오늘 하루에 대해 이야기했다.

“그랬구나. 어쨌든 오빠는 옌스 올레가 가지고 있지 않은 것을 가지고 있잖아.”

부스테르가 지치고 풀이 죽은 눈빛으로 동생을 바라보았다.

“오빠는 보름달이 뜨면 팔이 세 개잖아.”

뉴욕에서는 한 남자가 허공을 나는 커다란 썰매에 올라탄다. 그리고 마드리드에서는 한 화가가 올리브 사는 것을 잊었다는 이유로 자신의 오른쪽 귀를 자른다. 그러나 브룅스호이에서는 부스테르라는 한 소년이 다락방에서 자신의 세 팔을 바라본다.

"하나는 너무 아래에 달렸어."

소년은 혼자 말한다.

잉에보르가 그것을 어떻게 달아야 할지 시범을 보인다.

"여기다가 이렇게 매달라고?"

"당연하지. 라르센 아주머니한테 한번 보여 줘 봐. 아주머니가 뭐라고 하시는지."

라르센 아줌마의 침실 공기는 매우 무겁게 느껴졌다. 블라인드는 반쯤 내려와 있었고 붉은 햇빛과 갈색 커튼 때문에 방은 끈끈한 시럽 색깔을 띠고 있었다. 부스테르가 조용히 방으로 들어섰을 때 라르센 아줌마는 침대에 바로 앉아 잡지를 보고 있었다. 부스테르는 미소를 지어 보였지만 긴장한 기색이 역력했다. 라르센 아줌마의 방에 들어설 때면 언제나 그녀의 병을 폐 깊숙이 들이마시지 않기 위해서 숨을 짧게 쉬었기 때문이었다.

"잘 있었니, 부스테르?"

라르센 아줌마가 환한 얼굴로 말했다.

“여기 앉아라. 그런데 왜 그렇게 심각한 표정을 짓고 있니? 무슨 일 있었어?”

부스테르는 셋째 팔을 등 뒤에 숨긴 채 침대 옆 의자에 앉았다. 녹색 의자의 딱딱한 등받이에는 작은 금잔화 세 송이가 그려져 있었다. 그중 가운데 꽃은 색이 거의 다 바랜 상태였다. 부스테르는 라르센 아줌마의 미소 띤 입을 바라보았다. 그녀가 말할 때는 언제나 혀를 차는 작은 소리들이 들렸다. 잉에보르는 그건 라르센 아줌마의 이빨이 잘못 나 있기 때문이라고 말했다. 부스테르는 줄무늬가 있는 이불 위에 놓인 라르센 아줌마의 하얗고 투명한 손을 바라보았다. 그러면서 긴 오후의 그림자들처럼 이리저리 뻗어 있는 힘줄들을 쫓았다.

“새콤한 사탕 하나 먹을래?”

라르센 아줌마가 물었으나 미처 듣지 못한 부스테르가 헛기침을 하며 말했다.

“라르센 아주머니, 제가 이야기 하나 해 드릴게요.”

“그러렴.”

라르센 아줌마가 기쁜 얼굴로 말했다.

“그런데 부스테르야, 그 전에 베개를 내 등 뒤에 좀 받쳐 다오. 너도 알다시피 내가 늙고 힘이 없지 않니.”

부스테르는 자신의 진짜 손으로 베개를 받쳤다. 그러느라 라르센 아줌마에게 매우 가까이 다가간 탓에 화요일과 금요일에 간병인이 와서 아줌마를 씻길 때 나는 냄새를 맡아야만 했다. 수요일이어서 그런지 냄새는 그렇게 심하지 않았다.

부스테르는 다시 제자리에 앉았다. 대형 시계가 30분을 알리는 종을 치기 위해 깊게 후진운동을 하는 소리가 거실에서 들려왔다.

"자, 그럼 얘기해 보렴."

라르센 아줌마가 재촉하자 부스테르는 이야기를 시작했다.

"네. 있잖아요. 뭔가 아주, 아주 이상한 일이 일어났어요."

라르센 아줌마는 고개를 끄덕이며 아주 끔찍한 일이 일어나지 않았을까 걱정하는 듯한 표정을 지었다.

"저한테서 뭔가가 자라나기 시작했어요."

"자라나?"

"네, 뭔가가 자라나요. 뭐, 그렇게 빨리 자라는 것은 아니고요, 조금씩, 아주 조금씩이요. 천천히, 하지만 점점 더 커지고 있어요."

라르센 아줌마는 이마를 찡그렸다.

"저는 그것을 감히 어느 누구한테도 보여 줄 수가 없었어요. 오직 아주머니한테만 보여 주는 거예요."

부스테르가 허공을 응시하며 말하자 라르센 아줌마는 헛기침을 하면서 손가락으로 이불을 도닥거렸다.

"도대체 뭐가 자라고 있는데?"

부스테르는 긴장한 라르센 아줌마의 목소리가 저음에서 약간 떨리는 듯한 느낌을 받았다.

심각한 표정으로 부스테르는 세 팔을 이불 위에 올려놓았다.

"팔이 한 개 더 생겼어요, 라르센 아주머니. 자, 보세요."

라르센 아줌마가 잠시 부스테르를 쳐다보더니 뒤이어 세 팔을 내려다보았다. 그녀의 콧구멍이 떨리기 시작하더니 몇 초 뒤 평소처럼 소리 없는 웃음을 터뜨렸다. 부스테르는 라르센 아줌마가 그렇게 웃을 때면 아줌마의 눈에서 매우 예쁘고 앳된 소녀의 모습이 나타나는 것을 다시 한 번 확인할 수 있었다.

"부스테르 오레곤 모르텐센."

라르센 아줌마가 나직이 말하며 고개를 살짝 흔들었다.

"이건 정말 심각한 문제예요."

라르센 아줌마는 고개를 끄덕이며 웃음을 참느라 입술을 깨물었다.

"맞아, 부스테르. 오늘 네 엄마가 집으로 돌아오시면 나한테 좀 오라고 말해 줄래? 네 엄마와 할 얘기가 있거든."

부스테르는 인조 팔을 돌려 뺐다.

"그럴게요. 그런데 라르센 아주머니, 저희 아빠하고도 이야기를 해 주시지 않을래요? 집안 어디에 돈을 놔두었는지 말하지 않았다고 잉에보르를 때렸어요."

“내가 얘기한다고 도움이 될까, 부스테르?”

부스테르가 어깨를 으쓱해 보이며 머리를 흔들자 라르센 아줌마가 그의 손을 잡았다. 진짜 손을.

“세상이 다시 마술사들을 알아주는 때가 올 것이라는 희망을 잃지 말자, 부스테르.”

아줌마가 속삭이듯 말하자 부스테르는 고개를 끄덕이며 중얼거렸다.

“그렇지 않으면 저는 어쩔 수 없이 곧바로……아니, 저도 모르겠어요.”

부스테르가 집으로 돌아오자 엄마와 아빠는 저녁을 준비하기 시작했다. 아빠는 양심의 가책을 느낄 때면 늘 그랬듯이 매우 친절했다. 아빠는 부스테르를 높이 들어올렸다.

엄마가 수학 선생님 마르틴센이 전화를 했었다고 말했다. 아빠는 부스테르를 바닥에 내려놓았다.

“그 수학 선생이 또다시 전화를 하거든 그냥 나를 바꿔 줘.”

아빠는 투덜대면서 부스테르에게 눈짓을 보냈다. 엄마는 네모난 마가린 조각을 프라이팬에 넣으며 대꾸했다.

“좋아요. 둘이 대화가 아주 잘 되겠네요.”

잠시 후 식사를 마치고 부스테르는 침실로 올라갔다. 잉에보르는 침대에 서서 지붕창을 통해 밖을 내다보고 있었다. 하늘은 이미 검푸르게 변했다.

"오빠 그거 알아?"

갑자기 부스테르는 기분이 좋아졌다. 부스테르도 침대 위로 뛰어올라 동생 잉에보르를 높이 들어올렸다. 동생은 밖의 지붕 위로 반쯤 매달렸다.

"뭘? 무슨 얘긴지 모르겠네."

"오늘 보름달이 떴잖아. 저거 안 보여?"

"보름달……."

"그래, 보름달이 뜨면 많은 사람들이 팔이 세 개가 되잖아."

라르스와 마주치다

따사한 여름 저녁이었다. 별들이 반짝이는 하늘 아래로 깃털처럼 가벼운 구름층이 아주 얇은 안전망처럼 드리워져 있었다.

브륀스호이의 주택가에는 푸른 네온등이 거리를 비추고 있었다. 어느새 이슬이 내려앉았고 주변의 새들은 지저귐을 멈추고 부리를 날개 밑으로 밀어 넣었다.

부스테르는 교회당 길을 따라 천천히 걸었다. 걸으면서 옌스 올레 문제를 어떻게 처리해야 할지 곰곰이 생각했다. 클린테바이에 이르자 자신의 진짜 팔 하나를 카우보이 재킷 밑으로 감추고 인조 팔을 소매 속으로 밀어 넣었다. 정말 멋진 인조 팔이었다. 여기 어둠 속에서는 그것을 매달고 있는 자신조차도 속을 정도였다.

부스테르는 필레스빙에서 멈추어 섰다. 거기에 옌스 올레가 사는 집이 있었다. 그러나 아무 계획도 없이 무턱대고 그 집으로 들어갈 수는 없었다. 부스테르는 잔디 너머 호숫가로 내려가 촉촉한 벤치에 앉았다. 그때 오리 한 마리가 뒤뚱거리며 뭍으로 올라왔다.

"꽥꽥."

오리가 떠들자 부스테르가 응수했다.

"꽥꽥꽥."

오리는 곧장 부스테르 쪽으로 뒤뚱뒤뚱 걸어오더니 그를 물끄러미 쳐다보았다. 부스테르는 미소를 지어 보였다.

"안녕, 옌스 올레. 너 오늘 밤에 보름달이 뜬 거 알아?"

"꽥꽥!"

오리가 소리쳤다. 부스테르는 고개를 끄덕이며 말했다.

"그래 맞아, 옌스 올레…… 그런데 말이지, 내 말을 잘 들어봐. 내가 너한테 비밀을 하나 가르쳐 주려고 왔어. 아니, 더 정확히 말하자면 너와 계약을 하나 맺으려고 왔어. 오늘 저녁에, 아니 오늘 밤에 만약 네가 아주 특별한 주문을 외우기만 한다면 너는 이 세상 어느 누구도 갖고 있지 않은 것을 가질 수 있어. 물론 나는 그것을 가지고 있지."

오리가 뒤뚱거리며 호수로 돌아갔다.

"내 말이 안 믿기나 보지? 그러면 이걸 한번 봐……."

부스테르는 외치면서 자리에서 일어났다. 문득 주변이 매우 어둡다는 것을 알아차렸다. 어딘가 덤불 속에서 바스락거리는 소리가 나는 듯했다. 그는 정면을 바라보았다. 누군가가 자기한테 다가오고 있는 것이 얼핏 보였다. 부스테르는 길을 따라 걷기 시작했다. 그때 갑자기 두 사람이 그 앞에 나타났다. 키 큰 여자아이와 그보다 더 큰 남자아이였다. 부스테르는 자동적으로 멈추어 섰다. 여자아이는 한 번도 본 적이 없는 얼굴이었다. 그러나 남자아이가 공원의 노란 가로등 아래에 이르자 그를 곧바로 알아보았다.

"안녕, 라르스!"

라르스는 약간 놀란 듯 엉거주춤한 자세를 취했다. 민소매 옷을 입은 여자아이가 라르스를 반대 방향으로 잡아끌었다. 황당한 표정의 라르스는 부스테르를 뚫어지게 노려보더니 이내 씩 웃기 시작했다.

부스테르도 그에게 미소를 지어 보이려 했다. 그러나 라르스가 몸을 굽혀 굵은 나뭇가지를 집어 휙 소리를 내며 허공에 휘두르자 미소 짓기가 좀체로 쉽지 않았다.

"어서 가자, 라르스!"

여자아이가 말하자 라르스가 낮은 목소리로 퉁명스럽게 대답했다.

"아니, 잠깐. 잠깐만 있어 봐. 여기 있는 부스테르라는 애한테 아주 작은 볼일이 있거든. 아이들은 얘를 설탕 부스테르라고 부르지."

라르스는 계속 다가오더니 부스테르 앞, 1미터 정도 거리를 두고 멈춰 섰다.

"안녕, 부스테르? 네 뾰족한 모자는 어디에 있냐?"

"집에 있을걸."

부스테르는 중얼거리면서 왜 하필 운동화를 신고 오지 않았을까 속으로 안타까워했다. 이 시간대에 우테르슬레베르 해양 공원은 매우 한적했다. 오리조차 첨벙대며 사라진 지 오래였다. 멀리 하레스코우바이를 달리는 자동차들은 제 갈 길을 가느라 정신이 없었다.

"절름발이 여동생은 잘 있나?"

라르스는 구부정한 자세로 으르렁거리면서 재킷 아래 진짜 팔을 꼼지락대고 있던 부스테르에게 아주 가까이 접근했다.

"빨리 와, 라르스! 추워 죽겠어."

여자아이가 소리치며 깡충깡충 뛰기 시작했다.

"추워 죽겠대."

부스테르가 최대한 상냥하게 말했다. 그 순간 라르스의 목소리가 급격하게 바뀌더니 고함을 질렀다.

"그게 너하고 무슨 상관이야, 이 더럽고 못생긴 새끼야? 이 더럽고 구역질나는 악마 같은 새끼야! 너 도대체 내 푸치(자동차, 자전거, 모페드, 오토바이 등을 생산하는 오스트리아 회사의 이름)에다가 뭔 짓을 한 거야? 그게 어떻게 됐는지 알기나 해? 네가 넣은 망할 놈의 설탕 때문에 완전히 망가졌잖아!"

부스테르는 침을 꿀딱 삼켰다.

"너 도대체 제 정신이야? 어떻게 그런 짓을 할 수가 있어? 너 정신이 완전히 돌아 버렸지, 부스테르?"

부스테르는 어쩔 줄 몰라 하며 어깨를 웅크렸다. 저쪽 호수 위에서 오리가 "꽥" 거렸다.

"설탕을 1킬로나 휘발유통에 쏟아붓다니 도대체 제정신이야?"

그 말을 듣는 순간 부스테르는 정말로 자기가 잘못한 것 같은 느낌이 들어 기어들어 가는 목소리로 말했다.

"우리한테는 다른 게 없었어."

"다른 게 없었다니, 그게 무슨 소리야?"

라르스는 부스테르의 목덜미를 움켜쥐었다. 부스테르의 인조 팔이 대롱대롱 흔들렸다. 부스테르가 숨을 할딱이며 말했다.

"그래, 우리한테는 귀리도 없었고 소금이나 후추, 콘플레이크도 없었거든."

"뭐라고, 이 자식이? 내가 너한테 콘플레이크를 선물로 주마, 이 구역질나는 악마 같은 새끼야!"

라르스가 고함치며 울퉁불퉁한 나뭇가지로 부스테르의 엉덩이 위쪽을 후려쳤다. 부스테르는 아파서 반 미터쯤 옆으로 비틀거렸다. 라르스는 나뭇가지를 회초리처럼 휙 소리를 내며 허공에 휘둘렀다.

"이제 너의 죗값을 치러야겠지, 부스테르? 집에 가거든 절름발이 여동생한테 안부 전해라. 그리고 걔가 지금은 완전 병신이 아닐지 모르지만 내 손에 붙잡히는 순간 바로 그렇게 될 것이라고 말해. 알았어?"

부스테르는 라르스가 떠들어 대는 말이 다 귀에 들어오지 않았다. 라르스가 나뭇가지로 두 번째 내려치자 부스테르는 그냥 눈을 질끈 감았다. 나뭇가지는 부스테르의 석고 팔 위 어깨에 내리꽂혔다. 이 바람에 인조 팔이 약 20센티미터 아래로 처지면서 하얀 손이 무릎 앞에서 대롱거렸다. 그것은 섬뜩한 광경이었다. 부스테르는 인조 팔을 밀어 넣으려고 하면서 라르스를 흘깃 보았다. 라르스는 눈을 크게 뜬 채 입을 딱 벌리고 서 있었다. 나뭇가지가 그의 손에서 미끄러져 내렸다. 라르스의 아랫입술이 떨리기 시작하더니 격렬한 전율이 그의 온몸을 휘감았다. 부스테르는 고통의 연출이 필요한 시점이라는 것을 직감했다. 그는 엉엉 울면서 뒷걸음질로 라르스로부터 멀어졌다.

이때 여자아이가 달려왔다. 여자아이는 부스테르의 늘어난 팔과

땅바닥의 나뭇가지를 보더니 큰 소리로 비명을 질렀다. 여자아이
가 기겁을 해 라르스를 잡아당겼고, 라르스는 얼굴을 움켜쥔 채 나
직이 울먹였다.

"그렇게 세게 안 쳤는데. 그렇게 세게……."

부스테르는 팔을 몇 센티미터 더 아래로 늘어뜨렸다. 그러자 효
과는 바로 나타났다. 어둠 속에서 그것을 본 여자아이는 또다시 비
명을 지르며 쓰러졌다. 라르스가 울부짖었다.

"부스테르!…… 미안해…… 네 팔…… 도대체 어떻게…… 아,
어떡하지?"

이제 그는 큰 소리로 울기 시작했다. 부스테르도 거의 울음이 터
질 것 같았다. 갑자기 모든 것이 너무나 슬프게 느껴졌다. 비명을
지르는 여자아이, 울고 있는 라르스, 저기 호수 위의 외로운 오리,
그리고 당연히 자신의 늘어난 팔. 부스테르는 팔을 2센티미터 더
늘어뜨렸다.

기겁을 한 라르스는 부스테르로부터 등을 돌렸다. 이제 라르스
는 크게 소리 내어 울기 시작했고, 부스테르는 이 소리를 압도하기
위해 거의 늑대 울음소리를 내질러야만 했다.

"부스테르!"

라르스가 어쩔 줄 몰라 하며 뒤돌아 소리쳤다. 그러나 이 순간,
아뿔싸, 석고 팔이 부스테르의 통제를 벗어나고 말았다. 소매에서

미끄러져 나온 인조 팔은 쿵 소리와 함께 길바닥에 떨어져 버린 것이다.

라르스는 마비된 사람처럼 그것을 바라보았다. 그의 표정이 일순 바뀌었다. 땅에 떨어진 팔은 전혀 진짜같아 보이지 않았기 때문이었다. 부스테르는 천천히 그것을 집어 올린 뒤 조심스럽게 뒷걸음질 쳤다. 드디어 안전하게 교회당 길모퉁이 뒤까지 왔을 때 성난 고함소리가 들려왔다.

"부스테르! 너……, 너……."

지붕 위의 텔레비전 안테나들이 흔들릴 만큼 큰 소리로 라르스가 외쳤다.

"내가 너를 갈기갈기 찢어 버릴 테다! 산 채로 갈기갈기 찢어 버릴 테다! 부스테르 모르텐센……!"

우유 배달 아르바이트

부스테르가 우유 배달을 시작하기로 한 금요일 정오부터 조용히 비가 내리기 시작했다. 그러다 부스테르가 학교를 마치고 프레데릭순스바이를 지날 무렵에는 이미 비가 억수같이 쏟아져 상점의 천막들은 물을 가득 품고 아래로 축 늘어져 있었다.

"오늘같이 궂은 날씨에 다행히 한 군데만 다녀오면 된다, 부스테르!"

올센 아줌마는 미소를 지으며 철사로 만든 바구니에 달걀, 버터, 마가린, 레모네이드 5병을 담았다.

"아저씨가 맥아주 한 상자도 자전거에 실어 놓았다. 그것도 가지고 가렴."

올센 아줌마는 말하면서 계산서를 훑어보았다.

그들이 서 있는 가게 안쪽 방에서는 시큼한 우유 냄새가 풍겼다. 부스테르는 올센 아줌마에게 눈짓을 하면서 책가방에서 봉투 하나를 꺼냈다.

"제 할아버지 사진들이예요." 부스테르는 속삭이듯 말했다. "제가 다녀오는 사이에 한번 보세요."

올센 아줌마는 거의 기대를 안 했다는 표정으로 신이 나서 손을 흔들었다. 사진들은 누렇게 바래 있었으며 몇몇은 너무 오래되어서 종이에서 다시 사라질 지경이었다. 그러나 올센 아줌마는 추억 어린 옛 후슘에서 커다란 대포를 배경으로 포즈를 취한 오레곤 씨를 어렵지 않게 알아볼 수 있었다. 하얀 면 셔츠를 입은 그는 활기가 넘쳐 보였다. 부스테르는 할아버지의 콧수염이 한쪽 끝에서 다른 쪽 끝까지 15센티미터나 되었다고 보충 설명을 했다.

"메달을 이렇게 많이 다셨네."

올센 아줌마가 감탄의 한숨을 내쉬었다.

"그런데, 사실 몇 개는 할아버지가 직접 만드신 거예요."

사진을 계속 들춰보던 올센 아줌마는 오레곤 씨가 조끼를 입은 키가 작고 뚱뚱한 남자와 함께 서 있는 사진에 이르렀다.

“이 사람은요······.” 부스테르가 황급히 설명했다.

“이 작은 사람이 바로 라레도 감독관이에요. 원래 이름은 볼프강 라스무센인데 사람들은 그냥 라레도라고 불렀어요. 저기 뒤에 줄무늬 트레일러 보이시죠? 그것도 제 할아버지 거예요. 할아버지는 퀵이라는 개도 한 마리 갖고 계셨는데, 그 개는 앞다리로 걷고 오리와 비슷한 소리를 낼 수 있었대요. 그 개는 프레데리시아에서 추위 때문에 죽었죠. 그 뒤에 할아버지는 또 다른 개를 한 마리 구입하셨는데, 그 개도 다른 사진에 나와 있어요. 여기요. 광대 모자를 쓰고 있는 이 개요. 하지만 이 개는 두 다리로 걷는 법을 배우지는 못했죠.”

“그럼 이 개도 죽었니?”

올센 아줌마가 장난기 어린 미소를 띠며 물었다. 부스테르가 아주 심각하게 대답했다.

“네, 막혀서요.”

“막히다니, 어디가?”

“위장 장애를 일으켰거든요.”

올센 아줌마는 킥킥 웃다가 문득 부스테르의 멍한 눈빛을 발견했다.

“한번 상상해 보렴, 부스테르. 정말 오래된 얘기구나. 1930년대 일이니까. 그때 나는 겨우 열세 살인가 열네 살이었지. 브뢴스호이

와 후숨 사이는 전부 다 벌판이었어. 놀랍지 않니? 내 아빠는 실업자였고 우리 가족은 시골에서 올라왔지. 엄마는 돈을 벌기 위해 바느질을 하셨어. 나와 내 여동생 다그뉘는 흑인 인형 하나를 같이 가지고 놀아야만 했지. 우리는 그 인형을 '몰뤼'라고 불렀어. 엄마는 우리가 가난하다는 것을 남들이 알면 안 된다고 늘 말씀하셨지. 그래서 다그뉘와 나는 언제나 예쁜 옷을 입고 다녔어. 물론 엄마와 아빠는…… 아니, 그런데 내가 왜 너한테 이런 이야기를 하고 있는지 모르겠구나……."

올센 아줌마는 코를 훌쩍이며 작업복 주머니에서 손수건을 찾았다. 부스테르는 뒷주머니에서 면수건을 꺼냈지만 수건에서 지독한 기름 냄새가 나는 걸 확인하고는 다시 쑤셔 넣었다.

올센 아줌마는 이제 마지막 사진을 보고 있었다. 꽤 최근의 사진이었다.

"아니, 이게 누구야. 부스테르, 바로 너구나! 멋진 모자를 쓰고 있네?"

"그것은 제 마술모자예요, 올센 아주머니."

부스테르는 환한 얼굴로 말했다. 그러면서 잽싸게 긴 단도를 뽑아 자기 가슴에 찌르더니 신음 소리를 내며 빈 우유 상자 안으로 쓰러졌다.

"아이고머니, 부스테르!"

올센 아줌마가 기겁하며 외치자 부스테르는 웃으며 다시 일어나 칼날이 자루 속으로 들어가는 요술 단도라고 설명해 주었다.

"이렇게요, 아주머니."

부스테르는 안심시키며 올센 아줌마의 가슴을 네 번이나 찔렀다.

바로 이 순간 우유 가게 주인 올센 씨가 들어와 냅다 고함을 쳤다.

"이 꼬마 녀석은 대체 여기서 뭐하고 있는 거야?"

깜짝 놀란 올센 아줌마는 황급히 부스테르에게 주의를 주었다.

"돈 계산 제대로 할 수 있겠지? 거스름돈은 포르트모네에 있다."

"어디에요?"

부스테르는 배달자전거가 있는 마당으로 달려가면서 외쳤다.

"포르트모네에, 돈지갑에!"

올센 아줌마가 외쳤다. 부스테르는 고개를 끄덕이며 눈짓을 보냈다. 그리고는 배달할 물건이 실린 자전거 쪽으로 몸을 돌렸다. 자전거는 가게 주인이 미리 안장을 낮추어 놓았지만 그래도 크고 매우 높았다.

부스테르는 조심스럽게 자전거에 올라탔다. 발끝이 겨우 땅바닥에 닿았다. 맥아주 상자가 무거워 자전거의 균형을 잡기가 쉽지 않았다. 몇 발자국 앞으로 발을 내딛자 커다란 핸들이 좌우로 흔들거렸다.

마침내 부스테르는 안장에 앉을 수 있었다. 이제 중요한 것은 페달에 발을 딛는 일이었다. 그런 다음 균형을 잡기 위해 약간 속도를 내야 했다. 자전거가 움직이기 시작했다.

"야호!" 부스테르는 소리쳤다. "됐어! 해냈어! 내가 자전거를 타고 간다고!"

'자, 문 쪽으로 방향을 잡고, 오른쪽으로 살짝 돌아서, 빨래 기둥을 조심하고, 성공이다!' 이제 부스테르는 대담하게 빙 돌아 자전거길로 들어설 수 있었다. 다행히도 자전거길은 우선 내리막길이었다. '지금 에스벤이나 옌스 올레가 나를 본다면 어떨까? 아마도 그 녀석들 눈이 한참 커질걸. 부스테르는 진짜 멋진 녀석이야하고 생각하겠지? 아마도 옌스 올레는 당장 오늘 저녁에 부모님한테 배달자전거 두 대를 사 달라고 졸라 대겠지?'

부스테르는 프레스테고르스알레를 따라 자전거를 몰면서 혼자 킥킥 웃었다.

부스테르는 이 일이 너무나도 멋지다고 생각했다. 비가 꽤 내렸지만 전혀 개의치 않고 거리를 달렸다. 28번지에 도착해 자전거를 멈추고 내리는 일도 별 어려움 없이 해낼 수 있었다. 지갑이 제대로 있는지 살펴보니 제자리에 잘 있었다.

부스테르는 서둘러 바구니를 부여잡고 정원 입구까지 능숙하게 날랐다. 대문이 삐걱 소리를 내며 열렸다. 부스테르는 발뒤꿈치로 문을 닫고 정원에 난 길을 따라 거의 달리다시피 걸었다. 맥아주 상자를 너무 오랫동안 길가에 놓아 둘 수 없었기 때문이었다. 그러나 집으로 올라가는 계단에 막 이르렀을 때 어디선가 무시무시하게 으르렁거리는 소리가 들렸다. 마차를 끄는 말만큼이나 덩치가 큰 네 발 달린 짐승이 이빨을 드러낸 채 정원 뒤편에서 어슬렁어슬렁 다가왔다. 부스테르는 바구니에 몸을 바짝 밀착시켰다. 이 괴물 같은 녀석은 부스테르를 탐탁지 않게 여기는 게 틀림없었다. 그러나 바로 그 순간 현관문이 열리면서 나이 든 아주머니가 나왔다.

"네로, 네로! 그 아이를 건드리지 말고 이리 와! 걔는 우유 가게 배달부야. 어서 이리 와서 얌전히 있어!"

"아주머니가 하신 말씀 잘 들었지?"

육중한 발걸음으로 계단을 올라온 개에게 부스테르가 속삭였다.

아주머니는 개에게 목걸이를 채웠다. 부스테르는 개에게서 최대한 멀찌감치 떨어져 계단을 올라가 바구니를 시멘트 바닥에 내려놓았다.

"그런데 너는 아직 배달부 하기엔 너무 어리지 않니?"

"네……."

부스테르는 웅얼거리며 저편에 있는 개를 흘끗 보았다. '틀림없이 저 똥개는 내가 통통한 배달부였으면 더 좋아했을 거야.'

"하지만 요즘은 워낙 사람 구하기가 어려우니……."

아주머니는 체념한 표정으로 한숨 쉬며 고개를 저었다.

"아니에요, 오늘에야 마침내 그 사람을 찾았지요."

부스테르는 공손하게 말한 뒤 맥아주 상자를 가지러 갔다. 상자는 생각보다 훨씬 무거웠다. 아주머니와 개가 위에서 지켜보고 있는 가운데 마지막 여덟 계단을 갈지자걸음으로 올라가는 것은 정말로 고문이었다. 마침내 상자를 현관 앞에 내려놓았을 때 부스테르의 팔은 스파게티 국수처럼 축 늘어졌다.

"그런데 이게 뭐니?"

"뭐긴요, 맥아주지요."

부스테르가 숨을 헐떡거리며 대답했다.

"그래, 이게 맥아주인 건 알아. 그런데 나는 이걸 주문한 적이 없어. 라거 맥주를 주문했지."

부스테르는 어리벙벙한 눈으로 아주머니를 쳐다보았다. 개는 마치 자기가 속았다는 듯 점점 더 크게 으르렁거렸다.

"라거 맥주……."

"그래, 라거 맥주!" 아주머니가 부스테르의 말을 가로막았다. "뭐, 그냥 놔둬라. 계산서는 가지고 왔니?"

부스테르는 호주머니를 뒤졌다.

"잠깐만요, 아마 포르트몬에 있을 거예요."

아주머니는 뭔 말이냐는 듯 부스테르를 멀뚱히 바라보았다. 부스테르는 돈지갑에서 계산서를 찾아내 아주머니에게 건넸다. 다행히도 돈은 맞아 떨어졌다. 부스테르는 아주머니에게 정중히 감사를 표시하고 무심결에 네로의 머리를 쓰다듬으려다가 그만 개에게 손을 덥석 물릴 뻔했다.

부스테르는 다시 자전거에 올라탔다.

안장은 당연히 흠뻑 젖어 있었지만 그까짓 건 전혀 문제가 아니었다. 짐을 다 내려 이제는 자전거를 아주 쉽게 조종할 수 있었기 때문이었다. 부스테르는 덤으로 홀크 광장을 따라 한 바퀴 돌면서 커다란 연락선처럼 경적 소리를 울렸다. 내리막길에서는 발을 바구니에 올려놓는 여유를 부리기까지 했다.

그때 위쪽 교회에서 내려오는 잉에보르가 눈에 띄었다. 잉에보르는 빨간 우비를 입고 노란 방수 모자를 쓰고 있었다. 부스테르는 핸들 앞으로 몸을 숙이고 온힘을 다해 소리쳤다.

"잉에보르!"

잉에보르는 언덕 위에 그대로 멈추어 서서 모자를 흔들었다. 모자는 사방이 온통 회색인 빗속에서 밝게 빛났다.

"오빠, 너무 멋있어!"

부스테르가 다가오자 잉에보르가 웃으면서 말했다.

"자전거 타는 거 쉽지 않지?"

"쉽지 않지라니? 이것은 바르셀로나의 사나운 황소 열 마리보다도 더 위험한 일이야!"

잉에보르는 감탄을 금할 수 없다는 듯 부스테르를 바라보았다.

"그런데 아주 흠뻑 젖었네."

부스테르는 재채기를 했다. 그리고 씩 웃으며 말했다.

"팬티까지 다 젖었어. 그런데 넌 어디 갔다 오는 길이야?"

"걸 스카우트 활동을 하고 왔어. 일요일에 목사님 댁 정원에서 교구 축제가 열리잖아. 나는 나나하고 복권 판매대를 맡기로 했어.

멋진 사격 연습장과 야외 커피점도 차릴 거래. 또 음악을 연주하는 악대도 있고."

"와! 나도 같이 하면 안 될까?"

"글쎄, 마르가레테 단장님께 한번 물어볼게.……그런데 말이야, 내 생각에 오빠가 어제 저녁 라르스를 골탕 먹인 건 별로 좋은 일이 아닌 것 같아."

부스테르는 갑자기 위가 오그라드는 것을 느꼈다.

"라르스가 핀과 이바르와 함께 있는 것을 보았어."

잉에보르가 이어서 말했다.

"라르스가 '이제 우리의 비상 대책반을 가동할 때다!'라고 외쳐 댔어. 옌스 올레도 거기에 있었고."

부스테르는 잠깐 생각에 잠긴 듯하더니 이내 중얼거렸다.

"그래그래. 그렇지, 뭐. 어쨌든 나는 이만 가 봐야 해, 잉에보르. 너도 알다시피 나는 근무 중이거든. 그럼, 이따 보자!"

부스테르는 자전거를 멋지게 돌려 우유 가게로 향했다. 가게 마당에 들어서서는 자전거를 능숙하게 세웠다.

올센 씨는 아무 말 없이 지갑을 낚아채더니 돈을 두 번 되풀이해서 센 뒤 퉁명스럽게 말했다.

"이 쓰레기통 좀 밖으로 내가거라."

부스테르는 쓰레기통을 질질 밖으로 끌어냈다. 맥주병 상자만큼이나 무거웠다. 그런데 쓰레기통 뚜껑을 덮으려는 순간 쓰레기 한 가운데서 뭔가 눈에 띄었다. 아주 커다란 새총이었는데 나무를 잘 깎아서 만들었고 고무줄도 새것이었다. 부스테르는 새총을 집어 들고 미소를 지었다. '아마 어느 아이가 이 무기로 유리창을 박살내는 바람에 아이 아빠가 화나서 내던져 버린 모양이지.' 이제 비는 거의 잦아들어 햇빛이 구름 사이로 내비치고 있었다. 부스테르는 하늘을 향해 고무줄을 당겨 보았다. 저 멀리 후숨 위쪽 하늘에 커다란 무지개가 빛나고 있었다.

이때 올센 아줌마가 가게 밖으로 나왔다. 손에 사진을 들고 있었다.

"고맙다, 부스테르!"

"아주머니, 무지개 보셨어요?" 부스테르가 하늘을 가리키며 말했다. "저기요. 제 할아버지가 공연했던 곳 위에요."

올센 아줌마는 고개를 끄덕였다.

"저 무지개를 향해 할아버지가 발사되셨죠!"

부스테르는 큰 소리로 외치며 가게를 떠났다.

얼마 지나지 않아 부스테르는 프레데릭순스바이에서 프레스테고르스알레 쪽으로 방향을 틀었다. 문득 기막힌 계획이 머릿속에 떠올랐기 때문이었다. 그는 멍청한 옌스 올레에게 갚아야 할 복수의 빚이 있었다. 그것은 생각만 해도 달콤한 일이었다.

부스테르는 프레스테고르스알레를 따라 달려 다시 28번지 앞에 멈춰 섰다. 허리를 굽혀 적당한 크기의 돌멩이를 하나 집어 들고는 대문을 몇 번 쾅쾅 두드렸다. 예상했던 대로 네로가 정원 뒤편에서 전속력으로 달려왔다. 커다랗게 벌린 네로의 입에서 뜨거운 입김이 마구 피어올랐다.

부스테르는 대문이 닫혀 있길 바라면서 두 발자국 뒤로 물러섰다. 그 순간 괴물 같은 네로가 대문 안에서 사납게 짖으며 부스테르를 향해 껑충 뛰어올랐다. 네로의 충혈된 두 눈이 분노로 번득였다.

부스테르는 사방을 둘러보았다.

"그래, 이 쪼그만 네로, 더러운 괴물아, 이 멋진 부스테르가 너를 위해 준비한 것이 있다."

부스테르는 큰 소리로 외치며 돌멩이를 새총에 끼운 다음 그를 향해 돌진하는 네로에게 힘껏 잡아당겼다.

돌멩이는 네로의 부릅뜬 두 눈 사이를 정확히 맞혔다. 순간 네로는 두 발자국 뒤로 물러서더니 괴로운 듯 눈알을 굴렸다. 그러더니 깨갱거리면서 정원 뒤편으로 도망쳤다.

'개는 인간의 가장 좋은 친구다.' 하고 부스테르는 그곳을 떠나면서 생각했다. 고통이 모두 가시거든 그 불쌍한 짐승에게 뼈다귀라도 선물하면 좋겠다는 마음이 들었다.

잉에보르의 음악상자

금요일 저녁이었다. 부스테르와 잉에보르는 식사를 마친 뒤 다락방으로 올라갔다. 그곳에서 잉에보르는 부스테르에게 교구 축제에 대해 자기가 아는 모든 것을 이야기해 줄 참이었다.

"민속 무용단도 오고 목사님은 연설을 하실 거야. 그리고 노점도 많이 설치되는데 입장료를 내면 상품도 탈 수 있을지 몰라."

"공짜로 살짝 들어갈 수는 없을까?"

부스테르가 세례를 받았을 때 아빠에게서 선물로 받은 작고 낡은 육각형 손풍금 콘서티나를 닦으며 물었다. 잉에보르가 나무라

듯 쳐다보며 말했다.

"공짜로 어떻게 들어가? 입장료는 가난한 사람들과 환자들, 그 밖에 외로운 사람들을 위해 쓸 거야."

"나도 교구 축제 때 뭔가 마술이나 연주를 하면 좋을 텐데."

부스테르는 말하면서 생각에 잠겼다. 잉에보르는 지붕창을 열고 옷장 앞에 앉아 솔빗을 꺼냈다. 금발 머리를 풀자 긴 머리카락이 눈사태처럼 등 뒤로 쏟아졌다.

"내 말 안 들려? 나도 뭔가 마술이나 연주를 하고 싶다고."

부스테르가 참다못해 다시 말했다.

"그래, 나도 들었어. 하지만 그것은 힘들 것 같아."

잉에보르는 고개를 가로저었다.

"왜 힘들어?"

"왜냐하면 마술은 목사님 댁 정원에서 열리는 교구 축제에 어울리지 않기 때문이지."

부스테르는 잉에보르의 이 말이 마음에 걸렸다.

"뭐, 그렇다면 연주라도 할 수 있는 것 아니야?"

잉에보르는 목덜미에서 머리를 묶었다.

"오빠가 언제 연주를 배우기라도 했어?"

이 말이 부스테르의 신경을 제대로 건드렸다.

"잉에보르 모르텐센, 그게 도대체 무슨 소리야? 너는 내가 직접 작사 작곡한 노래를 벌써 잊어버렸어?"

"아, 그거?"

"아, 그거라니? 그게 어때서?"

잉에보르는 어깨를 으쓱해 보였다. 부스테르는 헛기침을 하면서 작은 하모니카를 집어 들었다.

"엄마 자거든."

잉에보르가 무덤덤하게 말했다.

"작게 하면 되잖아. 근데, 첫 구절이 뭐였더라?"

"'나는 부스테르 오레곤……', 뭐 이런 식으로 하지 않았어?"

"잉에보르, 나도 알거든!"

"그래요? 마음대로 하세요."

잉에보르는 키득키득 웃으며 침대에 누웠다. 부스테르는 침대에 걸터앉아 하모니카를 불기 시작했다.

"쉿! 엄마 깼어."

부스테르는 잠시 숨을 죽이고 귀를 기울였다. 그러자 엄마의 목소리가 들렸다.

"에발, 난 피곤해. 그만해요."

"그러지 말고 이리 와!"

"에발, 제발 그만해. 피곤하다고 그랬잖아!"

"오빠, 하모니카 불어."

잉에보르가 황급한 목소리로 말했다. 부스테르가 중얼거렸다.

"음, 누군가 아래서 난리가 났구먼."

아래거실에서는 두 사람이 쫓고 쫓기는 듯한 소리가 들려왔다.

"이러지 마, 에발, 놓으라고!"

"이리 와 봐, 자기야……."

"오빠, 연주하라니까!"

잉에보르가 부스테르를 흔들며 크게 외쳤다.

"왜 내가 지금 연주를 해야 하는데?"

"그냥 하라면 해. 그냥 오빠가 작곡한 노래를 듣고 싶단 말이야. 빨리 노래 불러."

"내가 그것을 얻을 수만 있다면……."

부스테르가 노래를 부르기 시작했다. 아래층에서는 아빠의 우는 듯한 소리가 들려왔다. 부스테르는 천장을 쳐다보다가 콘서티나를 내려놓았다. 갑자기 온 집안에 적막이 감돌았다.

잉에보르는 침대에서 일어나 옷장 쪽으로 가더니 자기만의 비밀 서랍을 열었다. 그러자 잉에보르의 음악상자가 나타났다. 담뱃갑만한 작은 갈색 상자였다. 뚜껑을 열자 작고 하얀 발레리나가 상자 바닥에서 올라왔다. 발레리나는 한 다리로 서서 작고 부드러운 선율에 따라 천천히 빙글빙글 돌았다.

부스테르는 넋을 놓고 발레리나를 관찰했다. 발레리나는 마치 살아 있는 것처럼 매우 정교했는데 발레복과 토슈즈를 신고 있었다. 눈은 파랗고 입술은 빨갰다. 한쪽 다리를 구부린 채 가는 두 팔을 머리 위에서 모으고 있었다. 상자의 선율이 끝나자 발레리나도 멈춰 섰다.

"발레리나를 꺼낼 수도 있나?"

부스테르는 아주 넋이 나간 표정으로 나지막이 물었다. 잉에보르는 오빠를 바라보지 않은 채 고개만 끄덕였다.

"물론 꺼낼 수는 있지만 그렇게 안 할 거야."

"뚜껑을 닫으면 발레리나는 어떻게 돼?"

"그러면 상자 속으로 사라지지."

"상자 안에서 드러눕나?"

"그건 아무도 몰라."

잉에보르는 옷장 서랍을 열고 음악상자를 다시 원래의 자리에 넣었다.

어느새 아래층은 아주 조용했다. 부스테르는 옷을 벗었다. 갑자기 기분이 나빠졌다. 자신도 왜 그런지 알 수 없었다. 그러나 다행스럽게도 잉에보르가, 부스테르가 잠들기 전에 기분을 다시 돋울 만한 새로운 소식을 가지고 있었다.

"참, 아빠가 그랬는데 우리 모두 내일 프레데릭스베르 공원으로 배 타러 갈 거래."

“정말?”

“응.”

“우와! 너 분명 제정신이지? 게다가 일요일에는 교구 축제까지 열린다니!”

부스테르는 껑충껑충 뛰었다.

“와, 잠이 다 달아나 버렸네. 너는 어때, 잉에보르?”

“으응.” 잉에보르가 얼버무렸다.

부스테르는 동생을 바라보았다. 더 정확히 말하자면 동생의 가냘픈 목을 바라보았다.

‘잉에보르는 왜 저러고 있을까?’

잉에보르는 마치 무언가 슬픈 일을 감추고 있는 것처럼 보였다. 내일은 배를 타러 가고 모레는 목사님 댁 정원에서 교구 축제가 열리는데, 잉에보르는 전혀 즐거운 것 같지 않았다.

‘맞아, 당연히 발레리나 때문이겠지. 잉에보르는 틀림없이 발레리나가 되고 싶은 거야. 하지만 저 다리로는 힘들잖아.’

부스테르는 성난 표정으로 팔을 허공에 휘둘렀다. 그러다 그에게 좋은 생각이 하나 떠올랐다.

“잉에보르……”

“왜, 또?”

“내가 이야기 하나 해 줄까? 정말로 진짜 있었던 이야기야.”

"근데, 너무 길면 싫어."

"아니야, 이건 정말 짧은 이야기야. 그러니까, 음, 옛날에 러시아에 한 여자아이가 살았는데, 그 아이는 한쪽 다리를 절룩거렸어. 무릎이 굽혀지질 않고 아주 뻣뻣했어. 그런데 어느 날 그 아이는 엄마한테 발레리나가 되고 싶다고 말했어. 그랬더니 엄마는 꿈도 꾸지 말라고 말했지. 그런데 여자아이가 뭐라고 했냐면……."

"오빠!"

"으응, 왜?"

"이제 좀 조용히 할 수 없어?"

"응, 그런데 아직 이야기가……."

"관심 없어!"

"그래? 알았다, 알았어."

부스테르는 자리에 누웠다. 이제 주변은 조용했다. 아주 조용했다. 브뢴스호이 지역 전체가 적막에 휩싸였다. 해협 건너 저 멀리 스웨덴 말뫼 시에 사는 한 사람이 저녁 빵에 소금을 뿌리는 소리까지 들릴 정도였다. 부스테르는 우테르슬레베르 해양 공원의 외로운 오리를 머릿속에 떠올렸다. 그리고 사팔눈이 되었을 네로를 생각했다. 앓아누운 라르센 아주머니, 뚱뚱한 올센 아주머니, 바보 같은 옌스 올렌을 생각했다. 그리고 끝으로 베케스코우바이의 파마머리 소녀를 생각했다.

어쩌면 그 소녀도 교구 축제에 올 것이다. 베케스코우바이의 향내를 풍기며 나타날 것이 틀림없다.

부스테르는 눈을 감았다.

어마어마하게 큰 스포트라이트가 커다란 무대 위를 밝게 비추고 있었다. 검은색 긴 예복을 입은 목사가 무대에 올라섰다.

"신사 숙녀 여러분, 저는 오늘 이 정원 행사에 초청하기 위해 오랫동안 심혈을 기울여 온 한 분을 이제 여러분께 소개해 드리려고 합니다. 이분을 모시게 되어 매우 영광스럽게 생각합니다. 이제 존경하는 관중 여러분께 세계적으로 유명한 마술사 부스테르 오레곤 모르텐센 씨를 소개합니다."

사방에서 박수갈채가 쏟아졌다. 커튼이 옆으로 미끄러졌고 발 디딜 틈 없이 사람들로 빼곡한 정원에 팡파르가 울려 퍼졌다.

부스테르는 번쩍이는 까만 의상을 입고 무대에 등장했다. 등에는 불을 내뿜는 용이 그려져 있었고 가슴에는 불가사의한 기호들이 새겨져 있었다. 부스테르가 망토를 멋지게 벗어 던지자 망토는 곧바로 배달자전거로 변했고 그 위에는 사팔눈을 한 커다란 개가 살벌한 표정으로 숨을 헐떡거리며 앉아 있었다. 그리고 다시 한 번 동작을 취하자 불안에 떠는 작은 사내아이가 무대에 나타났다. 그 애는 부스테르의 반 친구이자 원수이기도 한 옌스 올레를 쏙 빼닮았다.

"심 살라 빔!"

부스테르가 외치자 사나운 개는 사내아이의 살과 머리카락을 마구 물어뜯었다.

이제껏 엄숙한 목사에게만 익숙해 있던 사람들은 미친 듯이 박수를 쳤다. 부스테르는 허리를 굽혀 인사한 뒤에 대포를 무대 위에 설치했다. 그 포신에는 우유 가게 주인 올센 씨가 들어 있었고 청중은 열광하기 시작했다. 부스테르가 도화선에 불을 붙이자 곧 귀가 멍해질 정도로 큰 폭발음과 함께 올센 씨가 "으아악!" 비명을 지르며 시내 지붕들 위로 날아갔고 그 뒤로 무지개가 펼쳐졌다. 그 광경은 매우 아름다웠다. 박수가 끊이질 않았고 그 와중에 마술사는 자그마치 2.5킬로미터 길이의 종이를 입에서 끄집어냈다.

관중들은 열광했다. 깃대 주위를 빙글빙글 돌며 춤추는 사람이 있는가 하면 온 나라가 떠들썩하게 교회 종을 울리는 사람도 있었다.

그러다 갑자기 사방이 온통 어두워졌다. 그리고 적막이 찾아왔다.

교회 종소리만이 부스테르의 귀에 은은하게 들려왔다. 부스테르는 뒤로, 점점 더 뒤로 휘청거렸다. 그러다 계속 아래로 떨어져서 커다란 구멍 속으로, 바닥이 보이질 않는 커다란 구멍 속으로 떨어지고 또 떨어졌다.

교구 축제에서 요안나를 만나다

교구 축제는 일요일 낮 한 시에 정확히 시작되었다. 예복을 차려 입은 키에룰프 목사가 커다란 테라스에 나타났다. 부드러운 미소를 지으며 두 손을 마주잡고 있던 목사는 갑자기 작은 마이크를 향해 큰 소리로 헛기침을 했다. 기침 소리는 벨라호이에 모인 사람들이 발뷔 구역에서 뭔가 폭발한 것이 아닌가 하는 착각이 들 정도로 크게 들렸다. 적어도 50살은 됨직한 한 보이 스카우트 단원이 스피커를 손본 뒤에야 비로소 목사는 정원에 모인 많은 손님들에게 환영 인사를 건넬 수 있었다. 그 뒤에 목사는 교구장에게 마이크를 넘겼는데, 교구장이 너무 공손히 허리를 숙여 인사하다가 그만 전선에 걸려 넘어지는 바람에 한바탕 웃음이 터졌다.

정원은 무척 아름다웠다.

잘 다듬어진 잔디에, 이곳 자연의 때 묻지 않은 모습은 사람들에게 마치 낙원을 거니는 듯한 특별한 감흥을 불러일으켰다.

게다가 이 정원에는 낙원의 사과만 있는 것이 아니었다. 정원 한가운데에는 커다란 천막 아래 야외 케이크 가게가 마련되어서 가슴이 풍만한 향토 방위대 아주머니들이 육중한 군화를 신은 채 분주히 움직이면서 따뜻한 코코아와 케이크를 팔고 있었다.

덤불과 나무들 사이 곳곳에 설치된 판매대에서 사람들은 제라늄과 여러 가지 인형, 낙타 가죽으로 된 발 받침대, 연청색의 나일론 곰 인형 따위를 경품으로 탈 수 있었다. 그리고 정원 맨 뒤쪽에는 어른과 어린이를 위한 사격장이 각각 하나씩 설치되어 있었다. 사격장 뒷면은 공동묘지를 향해 있었는데, 아마도 오발탄으로 인한 사고를 방지하기 위해서였을 것이다. 성인용 사격장에는 진짜 공기총과 과녁이 설치되어 있었고, 과녁을 세 번 명중하면 단춧구멍에 꽂는 장식용 종이꽃을 상품으로 주었다. 반면에 어린이를 위한 사격장에서는 판매대에서 7~8미터 떨어진 커다란 합판에 뚫린 구멍 속으로 모래가 채워진 공을 던져 넣도록 되어 있었다.

정원 한가운데에서는 악대가 행진하면서 "하느님은 누구에게 정의의 은총을 베풀 것인가?"(시인 아이헨도르프[1788~1857]의 시 「행복한 여행자」[1826]에 나오는 구절로서, 독일어권에서 민요처럼 불리는 노래)라는 노래를 연주했다.

선율이 너무나 아름다워 많은 구경꾼들이 모여들었다.

잉에보르는 친구 나나와 함께 복권을 판매하고 화분들을 돌보았다. 할 일이 그리 많지 않아서 오빠에게 신경을 쓸 여유가 있었다. 부스테르는 축제에서 사람들에게 뭔가 보여 주고 싶었지만, 잉에보르의 스카우트 단장이 마술을 탐탁지 않게 여겨 허락을 받을 수 없었다.

그 대신에 부스테르는 뒤쪽 사격장에서 다른 일을 맡았는데 잉에보르는 무슨 일인지 정확히 알지 못했다. 지금 잉에보르에게 가장 신경 쓰이는 일은 이곳에 덩치 큰 라르스와 그의 친구 이바르가 나타났다는 사실이었다. 둘은 불량한 웃음을 띤 채 이 가게 저 가게를 어슬렁거리고 있었다. 잉에보르는 오빠가 축제에서 일을 맡은 것이 다행이라고 생각했다. 그들이 부스테르를 그 자리에서 잡아챌 수는 없을 테니까.

라르스와 이바르는 정원 뒤쪽으로 발길을 옮겼다. 그들 때문에 불안해진 잉에보르는 나나에게 판매대를 맡기고 몰래 둘의 뒤를 밟았다. 둘은 공기총 사격장에 머물고 있었다. 잉에보르는 어린이용 사격장에서 오빠를 찾았지만 판매대에서도 모습이 보이지 않았다. '도대체 어디에 있는 거야?' 잉에보르가 다른 곳으로 발길을 돌리려는 순간 문득 오빠가 눈에 띄었다. 부스테르는 일곱 개의 구멍이 뚫린 합판 뒤에 무릎을 꿇고 앉아서 그때그때 아이들이 과녁으로 삼아야 할 구멍에다 머리를 들이밀고 있었다. 잉에보르가 보기에 그것은 그리 나쁜 생각 같지 않았다. 주변에는 아이들이 우글거리고 있었고 그들은 부스테르의 얼굴을 맞히려고 혈안이 되어 있기 때문이었다. 아이들은 과녁을 상당히 잘 맞히는 듯했다. 새빨갛게 부어 오른 오빠 코를 보면 그렇다는 생각이 들었다.

"헤이, 잉에보르!"

부스테르는 한 구멍에 머리를 들이밀면서 흡족한 표정으로 외쳤다. 바로 그 순간 한 아이가 던진 모래 공이 쾅 소리와 함께 부스테르의 눈에 그대로 명중했고 그것을 본 잉에보르는 마음이 너무나 아팠다. 그러나 아이들은 행진하던 악대의 소리를 뒤덮을 만큼 큰 소리로 환호성을 질렀다. 부스테르는 애써 웃음을 지어 보였고 잉에보르는 고개를 흔들었다. 그때 놀랍게도 라르스와 이바르가 모래 공을 사 들고 사격대로 오고 있는 것이 보였다. 그들은 당연히 부스테르를 곧바로 알아보았다.

"저게 누구야?"

깜짝 놀란 이바르가 소리쳤다.

"저기 뒤에서 머리 내밀고 있는 녀석이 바보 부스테르 아냐?"

라르스와 이바르가 각각 모래 공을 세 개씩 구입하는 광경을 보지 못한 부스테르는 동생에게 자기가 돈을 많이 벌었기 때문에 케이크 가게에서 맛있는 것을 사 줄 수 있을 것이라고 이야기하고 있었다.

바로 그 순간 이바르의 첫 번째 공이 부스테르의 머리 위쪽 합판을 쾅하고 맞혔다. 합판이 마구 흔들거렸다. 라르스도 한발 뒤로 물러서더니 첫 번째 공을 힘껏 던졌다. 공은 부스테르가 웅크리고 있던 구멍 10센티미터 아래를 맞혔다. 이바르가 두 번째 공을 던졌을 때 비로소 부스테르는 석궁에서 발사된 것처럼 강력한 이 공들이 어디에서 날아오는지를 눈치 챘다. 주변에서 구경하던 아이들은 환호성을 질렀다. 이바르의 공은 정확히 부스테르의 코를 맞혔다. 부스테르는 황급히 합판 위쪽 구석의 구멍으로 자리를 옮겼다. 하지만 그곳에 머리를 내밀자마자 라르스가 잽싸게 던진 두 개의 공이 부스테르의 얼굴 한가운데에 꽂혔다. 그리고 이바르의 마지막 공이 이마를 강타하면서 코피가 터지자 부스테르는 더 이상 버틸 수 없었다.

"우우!"

주위의 아이들이 야유를 보냈다.

"부스테르, 이 겁쟁이야, 빨리 나와!"

부스테르 또래의 한 아이가 외쳤다. 옌스 올레였다. 그도 방금 모래 공 세 개를 샀는데, 맞힐 과녁이 사라지고 만 것이었다. 부스테르는 뒤편 덤불 사이로 기다시피 자리를 빠져나가 코를 막을 것을 구하러 잉에보르의 판매대 쪽으로 갔다.

"누워 봐, 이 멍청아!"

잉에보르는 체크무늬의 손수건으로 부스테르의 코를 틀어막으며 투덜거렸다.

"아이고, 완전히 퉁퉁 부었네."

"하지만 그 대신에 엄청 벌었어." 부스테르는 코 먹은 소리로 자랑스럽게 말했다. "저기로 코코아 마시러 가자. 내가 사 줄게."

"하지만 난 여기를 지켜야 돼. 봐서 나중에 마시지 뭐. 먼저 씻기나 해. 자, 이 솜으로 코를 막아."

부스테르는 잉에보르가 하라는 대로 했다. 그리고 자리에서 일어섰다. 이제 모든 것이 다시 정상이었다. '재수 없는 옌스 올레, 네가 혼날 날도 멀지 않았다.' 하고 생각하며 부스테르는 미소를 지었다. '조금만 기다려라, 이 쥐방울만한 녀석아!' 부스테르가 지나는 길에서는 마침 악대가 탄산수를 마시며 휴식을 취하고 있었다.

부스테르는 하와이 셔츠를 입고 있었고 가슴 호주머니에는 돈이 두둑했다. 게다가…… 그는 주변을 휘익 둘러보았다.…… 바지 뒷주머니에는 담배꽁초도 한 개 숨겨 두었다. 여건이 허락한다면 당장이라도 한번 피어 볼 참이었다.

그러다가 부스테르는 갑자기 얼어붙었다. 팔이 아래로 축 늘어졌다. 갑자기 다른 모든 것들이 사라진 것만 같았다. 음악이 멈추었고, 사격장의 총소리, 사람들이 떠들어 대는 소리, 숟가락이 커피잔에 부딪히는 소리가 모두 멈춘 것만 같았다. 그의 눈에는 오직 하나만 보였다. 아, 이럴 수가! 베케스코우바이의 파마머리 소녀였다. 그 아이가 여기 목사님 댁 정원에 나타난 것이다. 소녀는 얇은 흰색 옷을 입고 있었다. 머리카락은 부스테르가 꿈속에서 그렸던 것보다 더욱 길었다. 그리고 소녀의 눈은…… 소녀의 눈은 뭐라고 형언하기도 어려웠다. 소녀의 머리 둘레에서는 뭔가 특별한 빛이 사방으로 퍼져나가고 있는 것 같았다. 그런데 소녀와 동행하는 저 덩치 큰 여자는 도대체 누구란 말인가? 그 여자는 보기 드물게 육중하고 밥맛없는 인상이었다. 부스테르는 길가로 몸을 숨겼다. 손이 떨렸고 발의 힘이 쭉 빠졌지만 감각은 완벽하게 작동하고 있었다.

파마머리 소녀는 미소를 띤 채 주변을 걸으며 여기저기 판매대를 둘러보았다. 아니, 걸었다기보다 호버크래프트처럼 공중을 떠다니는 것 같았다. 부스테르는 소녀의 눈에 안 띄게 몸을 숨기고 그 뒤를 쫓았다. 밥맛없는 여자가 어떤 사람과 인사를 나누는 모습이 보였다. 소녀는 계속 앞으로 나아가 정원 뒤쪽 끝에 손으로 짠 식탁보들이 진열된 판매대를 조용히 둘러보았다. 어느덧 소녀는 부스테르가 떡갈나무 껍질을 물어뜯으며 서 있는 곳에서 5미터도

떨어지지 않은 거리까지 접근했다.

부스테르는 마음을 다잡았다. 지금이 아니면 기회는 다시 오지 않을 것이라 생각하며 소녀가 나무를 지나는 순간 몸을 홱 돌려 웃음을 띠며 그 앞에 나타날 계획이었는데 그만 나무뿌리에 걸려 넘어지고 말았다.

부스테르는 재빨리 일어나 몸을 대충 털었다. 다행인 것은 소녀가 아무것도 보지 못했다는 사실이었다. 소녀는 크림 케이크 판매대 앞에서 서성이고 있었고 부스테르는 그 뒤에 서서 호주머니를 더듬었다. 돈이 있는 것을 확인하자 기민하게 하와이 셔츠 맨 위 단추를 풀었다. 셔츠 안으로 최근에 새로 그린 문신이 드러났다. 네 개의 머리를 가진 용의 그림이었다. 부스테르는 두근거리는 가슴을 달래며 머랭 과자 한 봉지를 사고 있는 소녀에게 다가갔다.

"어험."

헛기침을 하면서 어색한 웃음을 지어 보이려는 순간 오른팔이 크림 케이크 한 조각에 닿고 말았다.

판매대 아주머니가 날카롭게 바라보는 바람에 어쩔 수 없이 케이크 값을 지불해야 했는데 이번에도 다행히 소녀는 그 광경을 보지 못했다. 판매대 아주머니는 남은 케이크 조각을 일회용 접시에 담아 주었다.

부스테르는 목을 길게 빼고 주변을 살폈다. 노란 머랭 과자를 들고 야외 커피점에 자리를 잡은 소녀가 눈에 들어왔다. 들고 있던 일회용 접시를 판매대에 내려놓고 오른팔을 들어 팔꿈치를 살펴보니 아직도 크림 케이크 절반이 들러붙어 있었다.

소매를 걷어붙이려 했지만 잘 되지 않았다. 케이크를 긁어내기 위해 나이프를 빌리려 했지만 판매대 아주머니는 그만 성가시게 굴고 빨리 가라고 말했다. 할 수 없이 부스테르는 한 가지 결단을 내렸다. 어차피 날씨는 따뜻하다. 부스테르는 셔츠를 벗었다. 웃통을 벗었으니 용 문신도 훨씬 잘 보였다.

"얘야, 너 뭐 하니?"

판매대 뒤에 서 있던 아주머니가 소리쳤다.

"셔츠를 벗었어요. 젖꼭지에 신선한 공기를 약간 쏘이는 것도 나쁘지 않거든요. 아주머니도 가끔 한번 해보세요."

아주머니가 커다란 숟가락을 집어 드는 순간 부스테르는 잽싸게 몸을 피했다. 두 꼬마가 자신의 벌거벗은 배를 바라보았지만 신경 쓰지 않고 소녀가 있는 쪽으로 사람들을 헤치고 나아갔다. 소녀는 말없이 벤치에 앉아 정면을 응시하고 있었다.

이제 적절한 말을 찾아내야 했다. 그러나 베케스코우바이의 소녀와 같은 벤치에 조금 떨어져 앉아 있는 지금 이 순간, 그건 결코 쉬운 일이 아니었다. 그때 소녀가 갑자기 몸을 돌려 부스테르를 바라보았다. 소녀는 용의 문신을 유심히 바라보더니 미소를 지었다.

“너, 이거 직접 그린 거니?”

“예스. 거울 보면서 직접 그린 거야. 어때? 멋있어?”

부스테르가 자랑스럽게 대답하자 소녀는 입을 삐죽 내밀었다.

“너는 베케스코우바이에 살지?”

부스테르는 광고에서 본 남자들처럼 멋진 웃음을 지어 보이려고 애썼다.

“네가 그것을 어떻게 알아?”

부스테르는 이제야 뭔가 풀리기 시작한다고 생각하면서 말했다.

“일할 때면 그곳에 자주 들르곤 했거든.”

소녀는 부스테르를 유심히 바라보았다.

“그런데 코에 있는 솜은 뭐니?”

이 말에 부스테르는 거의 나가자빠질 뻔했다. ‘제기랄, 어째서 이 재수 없는 솜을 여태 빼지 않았지?’

“아, 이건 말이지,…… 그러니까…… 에…… 코피가 나서…… 한바탕 싸움이 있었거든.”

“……네가 바로 꽃무늬 셔츠를 입고 있었던 애니?”

부스테르는 활짝 웃었다.

“맞아, 맞아! 그게 바로 나야. 하와이 셔츠를 입었던…… 그리고 내 이름은 부스테르야.”

“나는 요안나라고 해.”

소녀가 웃으며 말했다.

"요안나."

부스테르는 마치 주문에라도 걸린 듯 나지막이 말했다. 소녀는 밝은 표정으로 고개를 끄덕였다.

"그런데 춥지 않니?"

"왜……, 아니, 안 추워! 난 오히려 더운데."

"온몸에 닭살이 돋았는데? 용 문신 있는 데도 그렇고."

"그래? 나는 몰랐네. 에…… 그런데…… 코코아 한 잔 하지 않을래? 따뜻한 코코아?"

부스테르는 손을 호주머니에 넣으며 말했다. 소녀는 잠시 사방을 빠르게 둘러보더니 킥킥 웃으며 고개를 끄덕였다.

부스테르는 곧바로 일어나 판매대로 가서 따뜻한 코코아 두 잔과 크림 케이크 큰 조각과 작은 조각 하나씩을 주문했다. 몇 분 전의 불운한 실수로 큰 것 두 개를 사기에는 돈이 좀 모자랐다.

위쪽 판매대에서 소녀를 내려다보니 소녀는 너무나도 아름다운 자태로 정면을 응시한 채 그를 기다리고 있었다. 문득 부스테르는 몸 안의 피가 끓어오르는 것을 느꼈다.

"얘야, 위에 뭘 좀 걸치지 그러냐?"

코코아를 건네던 자원봉사 아주머니가 안쓰러운 표정으로 말했다.

생각해 보니 이제 와서 하와이 셔츠에 얼룩이 좀 있다고 해서 크게 문제될 것은 없을 것 같았다. 게다가 오싹 한기도 느껴졌다.

결국 부스테르는 셔츠를 다시 입었다.

"자, 커다란 케이크가 네 거야."

코코아와 케이크를 소녀에게 건넸다.

"고마워, 부스테르."

소녀는 속삭이듯 말하며 부스테르를 오랫동안 바라보았다.

부스테르는 호주머니에 손을 넣어 담배꽁초를 더듬어 찾았다. 그러나 바로 그때 누군가 소녀를 부르는 소리가 들렸다. 강하고 날카로운 목소리였다.

"요안나, 도대체 어디에 있었니? 어서 이리 와!"

소리가 나는 쪽을 쳐다보니 바로 그 밥맛없는 여자가 서 있었다. 소녀는 자리에서 일어나며 말했다.

"이제 가 봐야 해."

부스테르는 아무 말도 못하고 손가락으로 호주머니 속의 꽁초를 뭉그러뜨렸다.

"안녕!"

소녀는 떠나갔고 그와 동시에 주변의 모든 소음이 다시 돌아왔다. 사람들은 기다란 그림자가 드리워진 나무 아래로 모여들고 있었다.

부스테르는 코코아 두 잔과 케이크 두 조각을 물끄러미 바라보았다. 큰 조각과 작은 조각이 벤치에 나란히 놓여 있었다.

"헤이!"

갑자기 누군가 부르는 소리에 고개를 들어 보니 잉에보르가 미소를 지으며 다가오고 있었다.

"어이."

힘없이 대답하는 부스테르 곁에 잉에보르가 털썩 앉았다.

"이 커다란 케이크 내 꺼야?"

잉에보르가 오빠 어깨에 머리를 기대며 물었다. 부스테르는 말없이 코코아를 저으며 대답했다.

"네가 두 개 다 먹어도 돼."

라르센 아줌마가 병원에 실려 간 날

부스테르는 로스트고르스바이를 따라 터벅터벅 길을 걸었다. 오늘은 기분이 상큼해질 만큼 날씨가 화창하건만, 길가의 라일락을 보고도 전혀 신이 나질 않았다. 이른 아침 동틀 무렵 응급차가 파란 비상등을 켠 채 라르센 아줌마를 싣고 간 일이 머릿속에 맴돌았기 때문이다. 부스테르는 사람들이 현관 앞에서 수심에 찬 표정으로 나지막이 대화를 나누던 장면을 떠올렸다.

"너무 걱정 마세요. 다 잘될 거예요. 그럼, 잘 가세요!"

엄마가 말했고 라르센 아저씨는 평소처럼 아무 말도 하지 않았다.

잉에보르는 무슨 이유에서인지 위층 침실에 머물렀다. 평소답지 않은 행동이었다. 라르센 아줌마가 잉에보르는 왜 안 보이냐고 묻기까지 했다.

"아직 자요."

부스테르는 집 앞에 서서 거짓말을 했다.

"어서 함께 올라타세요."

엄마가 라르센 아저씨를 툭 치면서 말하자 아저씨는 말없이 응급차 뒤편에 자리를 잡았다.

응급차 운전수가 차 뒷문을 막 닫으려는 순간 라르센 아줌마가 소리쳤다.

"잠깐만이요! 부스테르, 이리 와 보렴."

부스테르가 응급차 안으로 뛰어올라 가니 아줌마 눈에 눈물이 고여 있었다.

"부스테르야, 우리가 다시 만날 때까지 부디 마술을 잊지 말거라."

라르센 아줌마는 나직이 속삭였다.

"부스테르, 결코 마술을 포기하지 말거라. 무슨 일이 일어나든, 사람들이 너한테 뭐라고 하든, 결코 마술을 포기하면 안 돼."

부스테르는 목이 메어 아무 말도 하지 못했다.

응급차는 그 뒤 곧바로 출발했다. 응급차의 파란 비상등은 꺼져 있었다. 그것으로 미루어 볼 때 사태가 그렇게 심각한 것은 아닐

거라고 부스테르는 생각했다.

부스테르는 도서관을 지나 시장 쪽으로 향했다. 학교 종이 울렸다. 종은 보통 부스테르가 뤼터스콜레호이의 네 번째 길바닥 타일을 걸어가면 울렸다. 마치 그 타일과 종 사이에 은밀한 연결이라도 있는 것처럼.

부스테르는 달리기 시작했다. 오늘 같은 날 지각한다는 건 아주 명청한 일이라고 생각했다. 오늘 저녁에 학부모 간담회가 열리기 때문이다. 오늘 학부모 간담회에 들어올 선생님은 (사실 전혀 문제가 되지 않는 여선생님) 오세 도세와 (골치 아픈) 수학 선생님 마르틴센이었다.

그 생각을 하니 벌써 머리가 복잡해졌다. 게다가 오늘 오후에는 아르바이트도 해야 했다.

교실 앞에는 에스벤과 옌스 올레가 서 있었다. 그들은 부스테르가 계단을 뛰어 올라오는 것을 보고는 씩 미소를 지었다. 옌스 올레가 꽥꽥 소리를 질렀다.

"어제는 왜 구멍에 머리 내밀고 계속 있지 않고 도망쳤냐? 코가 박살날까 봐 겁났나 보지?

그때 오세 도세 선생님이 나타났고 에스벤은 교실로 들어갔다.

부스테르는 옌스 올레에게 나직이 속삭였다.

"너 롱존(짐 싣는 곳이 핸들과 앞바퀴 사이에 낮게 설치된 짐자전거)

못 타 봤지?"

"못 타 봤는데. 그건 너도 마찬가지 아니야?"

옌스 올레는 당연하다는 듯 대답하며 아말리 옆에 앉았다.

부스테르는 옌스 올레에게 우유 가게 아르바이트에 대해 이야기해 주었다.

"그러니까 한번 타 보고 싶으면 오늘 오후 세 시에 만나."

옌스 올레는 아무 말 없이 어깨를 으쓱해 보였다.

부스테르는 늘 그렇듯이 제일 뒷자리에 혼자 앉았다. 그러면 적어도 다른 학생들에게 방해가 되지 않을 것이라고 오세 선생님이 언젠가 말했기 때문이다.

오세 선생님은 주말 숙제로 내준 시를 반 아이들에게서 거두었다. 시 주제는 '여름'이었다. 몇몇 아이들은 타자기로 시를 써 왔는데, 부스테르는 그것이 매우 멋져 보였다.

오세 선생님이 모리츠의 시를 소리 내어 읽었다.

"여름이 오면 나는

밖에 나가 수영도 하고

자두도 따먹고

길레라이에 *에서

모래놀이도 한다."

　모리츠는 얼굴이 빨개졌지만 오세 선생님은 이 시가 매우 아름답다고 했다. 그리고 학생들의 시를 모두 복사해서 소책자로 만들어 오늘 저녁에 부모님들에게 나누어 드릴 계획이라고 말했다.

　부스테르는 시를 쓸 겨를이 없었다. 대신에 그는 오세 선생님이 시를 거두러 다가왔을 때 밖에서 따온 하얀 라일락꽃 한 송이를 책상 위에 올려놓았다.

　"쟤는 또 숙제 안 해 왔네!" 아말리가 비아냥거렸다.

　선생님은 물끄러미 꽃을 바라보았다. 부스테르는 슬픈 얼굴을 해야 할지 아니면 미소를 지어 보여야 할지 몰랐다. 그래서 잠자코 입술을 깨물었다.

　니콜라이와 사라는 배를 잡고 웃어 댔다.

　"너는 왜 시를 써 오랬더니 꽃을 가지고 왔니?"

　오세 선생님이 물었지만 부스테르는 책상만 내려다보았다.

　"그러면 쟤는 시집 만드는 데서 빠지겠네요?"

　맨 앞자리에 앉아 있던 옌스 올레가 외치자 다른 아이들도 맞장구를 쳤다. 사실 부스테르에게 시집은 별로 중요하지 않았지만, 이

---

* 덴마크 북쪽 끝에 있는 항구 도시

번만큼은 달랐다. 부스테르 부모님만 시집을 못 받은 채 실망하고 빈손으로 돌아가는 일이 생겨서는 절대로 안 된다고 생각했다.

오세 선생님은 꽃을 플라스틱 컵에 꽂은 다음 차분한 목소리로 말했다.

"자, 그럼 이제 나머지 학생들은 아래층으로 내려가서 복사를 시작하고, 부스테르는 그동안에 혹시 시상이 떠오르거든 시를 써 보렴."

부스테르는 어두운 터널 끝에서 빛을 발견한 듯했다. 그는 당연히 시 한 편을 쓸 자신이 있었다. 반드시 써야만 한다면 서른 편이라도 쓸 것만 같았다.

"그건 불공평해요. 우리는 모두 집에서 시를 써 왔는데, 왜 재만 여기 앉아서 시를 써도 되나요? 게다가 선생님은 재를 야단치지도 않았잖아요?"

사라가 불평을 털어놓자 기다렸다는 듯 여기저기서 벌을 줘야 한다는 의견들이 마구 쏟아졌다. 오세 선생님은 난처한 표정을 지었다.

"좋아요, 그러면 선생님이 저를 야단치세요."

"이제야 제 잘못을 인정하네. 하지만 그것으론 안 돼!"

"부스테르 통지서에 기록을 남겨야 해요!"

볼레가 구부정하게 몸을 숨기며 외치자 뒤따라 티네가 소리쳤다.

"맞아요! 그래서 오늘 저녁에 부스테르 부모님에게 보여 줘야 해요!"

주위가 시끄러워서 잘 들리지 않았지만, 오세 선생님은 자기도 이미 그렇게 할 생각이었다고 말하는 것 같았다.

기가 산 사라가 또다시 말했다.

"그리고, 부스테르를 문 밖에 벌세워 봤자 소용없어요. 그러면 아마 그냥 집으로 갈걸요. 쟤는 도무지 정상적인 학교에 다닐 애가 아니거든요."

"이제 그만!"

소리치며 오세 선생님이 말을 막았다.

"너희가 이렇게 계속 소란을 피우면 시집 만들기는 아예 없던 일로 할 거야."

순간 교실은 쥐죽은 듯 조용해졌다.

"지금부터 부스테르는 시를 쓰도록 하고, 나머지 학생들은 모두 나와 함께 아래층으로 내려간다, 끝! 그리고 부스테르는 시를 다 쓰거든 뒤따라오도록 해."

아이들이 교실 밖으로 우르르 몰려 나갔다. 주위는 조용했다. 부스테르는 수학 공책에서 뜯은 종이와 그 위에 놓인 몽당연필을 물끄러미 바라보았다. 하지만 여름에 대해 무엇을 써야 할지 좋은 생각이 도무지 떠오르지 않았다.

그래서 다음과 같이 썼다.

"라르센 아주머니가 병원으로 실려 갔다.

나도 함께 응급차에 앉아 있었다.

아주머니가 죽지 않았으면 좋겠다."

아래 복사실에서는 아이들이 서로 먼저 복사하려고 야단법석을 떨고 있었다.

"정말 빨리 썼네."

오세 선생님은 바둑판무늬 줄이 그어진 종이를 받아들며 말했다. 오세 선생님이 시를 읽는 동안 부스테르는 딴 곳을 바라보았다.

"쟤가 뭐라고 썼어요?"

아말리가 물어 보자 이어서 옌스 올레가 소리쳤다.

"맞아요, 선생님, 부스테르가 뭐라고 썼는지 큰 소리로 읽어 주세요!"

오세 선생님은 부스테르를 그윽한 눈길로 바라볼 뿐 아무 말도 하지 않았다. 그리고 부스테르의 시도 다른 아이들의 것과 마찬가지로 복사되었다.

마지막 시간은 체육이었다. 오늘은 밖에서 축구를 하는 날이었다.

"자, 모두 체육복으로 빨리 갈아입어라!"

체육 선생님이 외치면서 호루라기를 귀청이 떨어져 나갈 만큼

힘차게 두 번 불었다. 올센 선생님의 호령에 따라 아이들은 일렬횡대로 길게 늘어섰다. 몇몇 아이들이 재잘거리자 올센 선생님은 "입 다물어!"하고 소리쳤다. 체육 시간에는 다른 시간들과 달리 특별 규칙이 적용되었다. 국어나 수학 시간에는 욕을 하면 선생님으로부터 곧바로 주의를 들었다. 그러나 축구화를 신었을 때만큼은 욕이나 상스러운 말을 마음껏 할 수 있었다.

"여기 축구장에서는 사소한 것들에 연연해 할 필요가 없다."

체육 선생님이 고함지르듯 큰 소리로 말했다.

"심판이 시작 휘슬을 불면 중요한 것은 오직 팀의 승리다. 선수들이 무슨 짓을 하건 심판이 모르면 아무 상관없다. 뭐, 어차피 인생이 다 그런 것 아니겠냐? 다시 한 번 말하는데 굼벵이들은 살아남을 수 없다! 자, 그럼 먼저 약간 몸을 풀어야겠지, 그래, 무릎을 높이 들고, 하나 둘 셋 넷…… 야, 쿠르트! 넌 도대체 뭘 하고 있는 거야, 이 뚱보 녀석아!"

쿠르트는 옆 반의 뚱뚱한 사내아이였다. 그 애는 언제나 혼자 다녔고 축구나 준비 운동 따위에는 전혀 관심이 없었다.

"선생님이 하라는 대로 저도 열심히 뛰고 있어요." 쿠르트가 대꾸했다.

"야, 그게 뛰는 거냐? 그냥 서서 비계 덩어리를 흔들어 대는 거지. 자, 한번 힘을 내서 열심히 해 봐! 넌 오히려 다른 애들보다 두

배는 더 열심히 해야 돼."

올센 선생님이 시범을 보였다. 붉은색 트레이닝복이 오늘따라 유난히 멋있어 보였다.

잠시 후 에스벤이 첫 번째 선수로 뽑혔다. 그리고 다른 반의 빌뤼가 두 번째로 뽑혔다. 선수 선발은 매우 빨리 진행되었다. 축구장에서 누가 무엇을 잘하는지 다들 뻔히 알기 때문이다.

결국에는 부스테르와 쿠르트와 스파이라는 별명의 아이, 이렇게 셋만 남았다.

에스벤은 스파이를 지목했다. 이제 빌뤼가 지목할 차례였다.

부스테르는 자신의 몸 상태가 최상임을 과시하려는 듯 제자리에서 껑충껑충 뛰기 시작했다. 무슨 일이 있어도 마지막으로 지목되는 수모를 당하고 싶지 않았다.

"좋아, 그렇다면 우리는 쿠르트를 선택하겠어. 쟤가 앞에 서 있으면 골문이 꽉 차거든."

올센 선생님은 아이들에게 공을 주고 시작 휘슬을 불었다. 어느 쪽에서도 선택받지 못한 부스테르는 터덜터덜 걸어서 에스벤 팀에 끼었다. 아이들은 그에게 오른쪽 수비수를 하라고 말했다. 골키퍼는 알프가 맡았다. 성미가 불같은 알프는 고장 축구팀의 유니폼을 입고 있었다. 부스테르는 감색 팬츠와 '켈로그 콘플레이크'라고 쓰인 티셔츠를 입고 이리저리 달렸다.

“저 녀석들 모두 대갈통을 쥐어박아서 내일 머리에 붕대를 감고
학교에 오게 만들 테다!”

알프가 주먹을 불끈 쥐며 외쳤다. 부스테르는 고개를 끄덕이며
저편에서 창문을 닦고 있는 한 남자를 바라보았다.

경기는 에스벤 팀의 11대 4 승리로 끝났다. 올센 선생님은 어떻
게 수비수를 제치고 단독 드리블을 하는지 시범을 보였다.

“쿠르트, 이리 와서 나를 막아 봐!”

쿠르트는 뭐라고 중얼대면서 어기적어기적 체육 선생님에게 다
가갔다. 그러자 선생님은 경쾌하고 멋진 동작으로 쿠르트를 제치
고 골을 넣었다.

“자, 다들 봤지? 이렇게 하는 거야!”

올센 선생님은 의기양양하게 말했다. 그러자 에스벤이 쿠르트
같은 뚱보를 제치고 드리블 하는 것이 무슨 묘기냐며, 그 정도는
자기 할머니도 할 수 있을 거라고 말했다.

올센 선생님이 빙긋 웃으며 말했다.

“좋아, 좋아! 그렇다면 너, 에스벤…… 그리고 너…… 에…… 부
스테르, 너희 둘이 한번 나를 막아 봐!”

올센 선생님은 골문에서 20미터쯤 뒤로 물러나더니 에스벤과 부
스테르를 향해 공을 드리블해 오기 시작했다. 에스벤과의 거리가
0.5미터쯤으로 좁혀지자 페인트 동작을 취했다. 에스벤은 이미 그

럴 줄 예상하고 있었다는 듯 몸을 날려 체육 선생의 다리를 막았고 일순간 선생님은 에스벤의 발에 걸려 고꾸라질 것처럼 보였다. 그러나 어느새 공을 다시 몰아가더니 부스테르의 다리 사이로 공을 빼냈다. 그 짧은 순간에 부스테르는 엉겁결에 굳은 결심을 했다. 올센 선생님이 "케빈 키건!"(1970년대에 영국과 독일의 축구리그에서 공격수로 이름을 날린 영국 축구선수)을 외치며 부스테르를 막 따돌리려는 찰나, 부스테르는 올센 선생님의 발목 위를 세게 걸어찼다. 선생님은 공중에 거의 일자로 붕 뜨더니 부스테르 뒤쪽으로 쿵 소리와 함께 머리를 땅바닥에 처박고 말았다.

그 순간 부스테르는 축구장을 가로질러 냅다 줄행랑을 놓았다. 좁은 통로와 교정을 지나 계단을 뛰어 올라갔다. 그리고 탈의실로 내려가는 대신에 복도를 따라 내달렸다. 그러나 결국 마르틴센 선생님에게 붙잡혀 탈의실로 끌려 내려갔다. 그 사이에 다른 아이들은 모두 샤워를 하고 있었다. 올센 선생님은 시퍼렇게 멍이 든 발목을 마르틴센 선생님에게 보여 주었다.

마르틴센 선생님은 고개를 끄덕이며 침울한 목소리로 말했다.

"저 녀석이 다음에는 또 무슨 사고를 칠까요?"

그리고 두 선생님은 밖으로 나갔다.

부스테르는 샤워를 했다. 그러면서 이전보다 더 큰 외로움이 밀려오는 것을 느꼈다. 쿠르트가 다가와 "우리 집 물방앗간에 카누가 있다."라고 말을 건네기 전까지는 그랬다.

그날 오후 부스테르는 올센 아줌마에게 그날 일어났던 재수 없는 일들에 대해 이야기했다.

"자, 이 버터밀크를 마셔라."

올센 아줌마가 다독거리며 말했다. 부스테르는 풀이 죽은 표정으로 녹색 우유 상자를 바라보다 한숨을 내쉬며 말했다.

"저는 이왕이면 코코아 우유가 더 좋은데……."

잠시 후 부스테르는 달걀, 버터, 붉은색의 레모네이드 반 박스를 자전거에 싣고 카벨라이에바이로 향했다.

배달을 마치고 가게로 돌아왔을 때 올센 아줌마는 미용실에 가고 없었다. 그래서 가게 주인 올센 씨가 안쪽 방에서 대신 계산을 했다.

"이제야 돌아왔군. 고깟 일 하나 하는데 도대체 시간을 얼마나 잡아먹는 거야?"

돈지갑을 건네자 올센 씨는 부스테르를 물끄러미 바라보았다.

"근데 왜 이렇게 기운이 없어 보이냐? 너답지 않게……."

"라르센 아주머니 때문에요.……또 병원으로 실려 갔거든요."

올센 씨는 손으로 턱을 쓰다듬더니 뭐라 중얼거리며 가게로 갔다.

"너, 막대 사탕 하나 먹을래?"

부스테르가 고개를 들자 올센 씨 손에는 큼지막한 노란색 막대 사탕 한 개가 들려 있었다.

"고맙습니다."

"너 그렇다고 날마다 사탕 한 개씩 얻어먹을 거라고 생각하면 안 된다. 사탕 얻는 게 습관이 되어서는 안 된다는 말이야. 너를 고용한 것만으로도 이미 많은 돈을 썼어. 게다가 이 할망구는 그 잘난 머리카락 손질한답시고 미용실에 가서 100크로네짜리 지폐도 서슴없이 내거든. 그러니 결국 나만 모든 걸 떠맡게 되지. 하지만 내가 뭐 팔이 열 개냐? 내가 록펠러냐고?"

부스테르는 깜짝 놀라 올센 씨를 올려다보았다.

"록펠러가 팔이 열 개였어요?"

"사탕이나 빨아라."

사탕의 포장을 벗기며 물었다.

"아저씨, 저 오늘 다녀올 데 더 있나요?"

"그래." 올센 씨가 시큰둥하게 대답했다.

"배달할 것들은 바구니에 이미 다 넣어 놨다. 프레스테고르스알레 28번지야. 너 거기 한 번 다녀온 적 있지, 아마?"

부스테르는 고개를 끄덕이고는 바구니를 가져왔다.

"잠깐만…… 에…… 부스테르." 올센 씨는 가게 안을 흘깃 바라보며 말했다. "잠깐 이리 와 봐, 꼬마야. 그래, 바구니도 내려놓고."

올센 씨는 맥주 상자 위에 걸터앉았다.

"네가 마술을 할 수 있다고 그랬지? 잘 봐……."

그러더니 가슴에 달린 호주머니에서 손수건 한 장을 꺼냈다.

"자, 이제 손수건 한가운데에 이렇게 부러지지 않은 성냥개비 하나를 올려놓고, 그런 다음에 손수건을 이렇게 접는 거야. 자, 이리 와 만져 봐. 성냥개비가 만져지지?"

부스테르가 시큰둥한 표정으로 고개를 끄덕였다.

"잘했어! 이제 성냥개비를 부러뜨려 봐!"

부스테르는 성냥개비를 부러뜨렸다.

"좋아! 네가 성냥개비를 부러뜨린 게 확실하지? 그런데 이제 잘 봐, 으하하!"

올센 씨는 큰 소리로 떠벌이며 손수건을 다시 펼쳐 보였다. 거기에는 부러지지 않은 성냥개비 한 개가 놓여 있었다.

"어떠냐, 내 실력이? 깜짝 놀랐지?"

부스테르는 자기 귓불을 살짝 잡아당긴 뒤 심드렁하게 말했다.

"이건 제가 네 살 때 아빠한테 배운 마술이에요. 부러진 성냥개비는 옷 감침질한 데 숨겨 두죠. 어쨌든, 아저씨 이제 가 봐야 해요. 금방 다녀오겠습니다!"

부스테르는 곧 프레데릭순스바이에 도착했다. 하지만 홀크스 광장 쪽으로 바로 가지 않고 이쪽저쪽을 둘러보았다. 엔스 올레가 마치 약속이라도 한 듯 저쪽에서 나타났다.

“어이, 옌스 올레!”

부스테르가 소리치자 옌스 올레는 따분한 듯한 표정을 지으며 다가왔다.

“이건 진짜 롱존이 아니잖아?”

옌스 올레가 부루퉁한 얼굴로 말했다.

“너 이거 탈 수 있어? 한번 프레스테고르스알레까지 타고 가 봐! 나는 뒤에서 뛰어갈 테니.”

옌스 올레는 씹던 껌을 내뱉고 자전거에 올라탔다. 자전거에 올라 탄 옌스 올레는 처음에는 이리저리 흔들거렸다. 그래서 자전거가 넘어지지 않도록 부스테르는 짐받이가 있는 쪽을 꼭 붙잡아야 했다. 옌스 올레가 자전거 타는 데 벌써 흥미를 잃으면 안 되기 때문이었다.

“그래, 그렇게 하는 거야! 28번지까지 계속 가!”

부스테르가 자전거 뒤에서 숨을 헐떡거리며 외쳤다.

옌스 올레는 28번지 정원 입구에서 멈춰 섰다.

“이건 너무 쉽잖아.”

“맞아, 자전거 타는 것이 내가 하는 일 가운데 제일 어려운 일은 물론 아니지.”

부스테르는 대답하면서 하늘에 떠 있는 구름들을 쳐다보았다.

“정말로 어려운 일은 물건을 고객에게 전달하고 대금을 제대로 받아 오는 일이지. 나는 이제 바구니를 들고 안으로 들어가야 해. 이 일을 너한테 맡길 수는 없잖아?"

"아니 그게 뭐 그렇게 어려운 일이야?"

"누구는 해도 누구는 못할걸."

옌스 올레를 쳐다보지도 않고 부스테르는 정원 문 앞까지 갔다. 그러나 문을 건드리지는 않았다.

"야, 바구니 이리 줘!"

옌스 올레가 황급히 나서자 부스테르는 애석하다는 듯한 표정을 지으며 말했다.

"안 돼, 안 돼! 안 돼, 옌스 올레. 그러다 대금을 못 받아 오면 어떻게 하려고?"

"바구니 이리 줘! 당연히 대금을 받아 오지. 수학도 내가 너보다 훨씬 잘하잖아? 이리 내놔!"

"좋아, 정 그렇다면 할 수 없지."

부스테르는 못 이기는 척 한숨을 내쉬며 바구니를 건넸다. 옌스 올레는 곧바로 정원 문을 열어젖혔고 문은 삐걱 소리를 내며 열렸다.

브뢴스호이의 오후는 조용했다. 멀리 프레데릭순스바이는 침묵에 잠겨 있었으며 이곳 주택가에서는 성냥갑 안에 갇힌 말벌 한 마리가 내는 윙 하는 소리밖에 들리지 않았다. 조용한 정원 길을 따라 저택을 향해 걷던 옌스 올레도 무척 행복해 보였다. 적어도 네로가 그의 냄새를 맡기 전까지는. 이 커다란 개는 당연히 부스테르와 옌스 올레를 구분하지 못했다. 그래서 네로는 이 자가 바로 자기를 평생 사팔눈으로 만들어 놓은 장본인이라고 생각한 것 같았다.

옌스 올레가 공중으로 1미터나 날아오르는 것을 보면서 부스테르는 가엾다는 듯 고개를 가로저었다. 옌스 올레는 바구니를 내동댕이친 채 앞마당에서 비명을 지르며 이리저리 도망 다녔고 그의 발뒤꿈치에서는 커다란 괴물이 사납게 짖어 대고 있었다.

"개가 지칠 때까지 뛰어!"

부스테르가 소리쳤다. 그러나 옌스 올레에게 그 소리가 들릴 턱이 없었고 그저 죽을힘을 다해 뛸 뿐이었다. 상황은 실제로 그만큼 위급해 보였다.

그때 드디어 늙은 여주인이 나타나 네로를 불렀다. 이미 짐차 뒤에 매달린 고물처럼 초췌한 몰골이 되어 버린 옌스 올레는 그의 엄마가 보았더라도 제대로 알아보지 못했을 정도였다. 부스테르는 정원으로 들어가 물건들을 바구니에 주워 담아 여주인이 네로를 부엌으로 들여보낸 틈을 타서 재빨리 건넸다.

부스테르의 뒤에서는 만신창이가 된 옌스 올레가 엉금엉금 기어서 정원을 빠져나가고 있었다.

"이를 어쩌지, 네로 때문에 너무 끔찍한 일을 당해서……."

여주인은 한숨을 내쉬며 계산서를 훑어보았다.

"게다가 네로는 점점 늙어 가는지, 이제는 제대로 앞을 바라보지도 못하는 것 같아. 눈알이 가만히 있질 못하고 늘 이리저리 굴러다닌다니까."

"참 멋진 개였는데 너무 불쌍하게 됐네요."

부스테르는 길게 한숨을 쉬며 말했다. 그리고 이 말 한마디 덕분에 팁까지 챙겼다.

잠시 후 부스테르는 자전거를 타고 우유 가게로 향했다. 한때 옌스 올레라고 불렸던 누더기 같은 물체를 지나치면서 기분이 한결 더 좋아졌다. 그리고 오는 수요일에는 올센 씨한테 제대로 된 마술을 가르쳐 줘야겠다고 마음먹었다.

학부모 간담회

아빠는 검은 새 셔츠를 입고 있었다. 셔츠 등짝에는 작고 노란 글씨로 '텍사스 보이스'라고 씌어 있었지만 파란 재킷에 가려 보이지는 않았다. 말끔히 면도를 한 얼굴에 검은 머리카락이 타잔의 머리처럼 푸른빛을 띤 채 빛나고 있었다. 아빠가 학부모 간담회에 참석하기 위해 학교로 가는 건 이번이 처음이었다.

엄마는 두통이 심해 집에 누워 있었다.

학교로 가는 길에 아빠는 부스테르에게 새로운 마술을 보여 주었다. 세상에서 가장 뛰어난 마술사들만이 할 수 있을 만큼 손가락의 민첩한 움직임이 필요한 마술이었다.

"부스테르, 내 코를 잘 봐."

부스테르를 마주 보며 아빠는 장터 한가운데에 멈춰 섰다.

사람들은 분주히 사방으로 움직이고 있었다. 그러나 부스테르는 아빠를 뚫어져라 쳐다보았다. 부스테르는 방금 목욕을 해서 머리가 아직도 축축하게 젖어 있었고 손톱은 깨끗하게 정리되어 있었다. 아빠의 오른손 손바닥이 코를 부드럽게 스쳐 지나가자 코는 어느새 커다랗고 빨간 광대 코로 변해 있었다.

부스테르는 환호성을 지르며 깡충깡충 뛰었다. 그 바람에 새로 산 신발은 엄마가 신발 앞쪽에 헝겊을 집어넣었는데도 뒤축이 벗겨지면서 끽끽 소리를 냈다. 아빠는 함박웃음을 지었고 다시 한 번 손을 쓱싹하자 광대 코는 감쪽같이 사라져 버렸다. 아빠는 세상의 모든 마술사들이 그러하듯이 여유로운 미소를 지어 보였다.

"오늘이 월요일이니까, 이제 여자아이들의 다리가 갈색으로 변하기 시작할 테니까 내가 이 마술을 가르쳐 주는 거야."

아빠는 부스테르의 얼굴에 난 주근깨를 가볍게 건드렸다.

"이걸 봐, 이렇게 손바닥 안에 있잖아? 중요한 건 너도 알다시피 손동작이야. 손을 조금이라도 잘못 놀리면 그것으로 끝장이지. 자, 한번 해 봐!"

부스테르는 미소를 띠었다. 그러나 코는 원하는 대로 되지 않았다. 부드러운 손동작으로는 더더욱 어려웠다. 그러나 아빠는 포기하지 않았다. 한 번 더……. 한 번 더 처음부터……. 그러다 한번은 제대로 되었다. 이번에는 광대 코가 제대로 달라붙었다. 그것은 정말로 마술 같았다. 부스테르의 얼굴은 태양처럼 환하게 빛났다.

"네가 이것을 잘 보관할 수 있다면 네게 주지."

아빠가 환하게 웃으며 광대 코를 건넸다.

복도에서는 헬게의 부모가 의자에 앉아 사라의 부모와 이야기를 나누고 있었다. 교실 앞에는 의자들이 나란히 놓여 있었다.

부스테르는 헬게에게 "안녕"하고 인사했다. 그러나 새 옷을 입고 창가에 서 있던 사라는 못 본 척 지나쳤다.

"네, 사라를 전학시킬까 생각 중이에요."

사라 엄마는 말하면서 연신 꽃무늬가 있는 치마의 보풀을 뜯어냈다.

"그래요? 이 학교 수업 방식이 마음에 안 드시나 보죠?"

무릎에 장바구니를 올려놓은 헬게 엄마가 묻자 사라 엄마가 대답했다.

"그런 건 아니고요, 저희는 그저 환경이 썩 좋지는 않다고 생각해요. 학교가 마치 여가 활동을 위한 청소년 센터인 것처럼 여기는 아이들이 있다는데, 그런 아이들 때문에 학교 분위기가 엉망인 것 같아서요. 게다가 그걸 말리는 사람도 없대요. 오히려 정반대죠! 오세 한센 선생님은 이런 일을 너무 안이하게 생각하는 것 같아요. 숙제는 또 어떻고요? 숙제를 안 해 와도 뭐라고 하지도 않는다니 까요."

아빠가 부스테르를 내려다보았다. 부스테르는 미소를 지으며 어깨를 으쓱했다. 얼마 뒤 마침내 부스테르의 아빠 차례가 돌아왔다.

교실에는 마르틴센 선생님과 담임인 오세 도세 선생님이 앉아 있었다. 그들 앞에는 커피 잔이 놓여 있었고 그들 중간에는 책들이 수북이 쌓여 있었다. 오세 선생님은 통지서를 들여다보느라 여념이 없었다.

"아, 네, 부스테르 아버님이시군요."

마르틴센 선생님은 상당히 절제된 목소리로 말하며 아빠에게 손을 내밀었다.

그러자 부스테르도 덩달아 손을 내밀었다. 그 순간 오세 선생님이 당황하며 부스테르의 손을 잡아 주었다. 아빠도 정신이 없었는지, 오세 선생님과 인사를 나눈 뒤에 마르틴센 선생님에게 또다시 손을 내밀었다. 그 바람에 마르틴센 선생님은 집었던 수첩을 다시 내려놓아야만 했다.

"이제 좀 진지하게 말씀을 드려야 할 때가 된 것 같습니다."

마르틴센 선생님이 긴장한 표정으로 말하면서 오세 선생님에게 눈짓을 보냈다. 오세 선생님은 헛기침을 한 번 하더니 말을 시작했다.

"네, 저희는 오늘 부스테르를 위해서 좀 더 많은 시간을 할애해 두었어요."

아빠는 대견스러운 듯 부스테르를 향해 고개를 끄덕였다. 부스테르도 뜻밖의 표정을 지어 보였다.

"부스테르는 정말로 사랑스러운 학생이에요.…… 정신을 차리고 있을 때는 말이죠……."

아빠는 부스테르에게 윙크를 보냈다.

"……그러나 최근에는 성적도 썩 좋은 편이 아니고, 수업 시간에도 집중력이 좀 떨어질 때가 있는 것 같아요.……"

마르틴센 선생이 끼어들었다.

"부스테르는 도무지 집중을 못해요. 늘 그냥 자리에 앉아서 창밖을 내다보고 책상에 사람 그림을 그리죠."

"도대체 어떻게 창밖을 내다보면서 동시에 책상에 사람 그림을 그린다는 말씀이죠?"

아빠가 정말로 놀랍다는 표정으로 물었다.

"그것은 저도 잘 모르겠네요, 모르텐센 씨. 하지만 확실한 것은 부스테르의 수학 성적이 반 평균보다 훨씬 못하다는 점이죠. 저희가 말씀드리려는 것도 바로 이 점이에요. 예를 들자면 부스테르는 미지수가 들어간 방정식은 아주 간단한 것도 이해를 못해요. 이래 가지고 나중에 뭐가 되겠습니까?"

"마르틴센 선생님은 내가 청소부도 되지 못할 거래요."

부스테르가 책상을 내려다보며 웅얼거렸다. 아빠가 물었다.

"요즘에는 미지수가 들어간 방정식을 알아야 청소부가 될 수 있나요?"

"모르텐센 씨, 말도 안 되는 소리는 이제 그만하시고요.……저는 부스테르의 수학 선생으로서 이런 말씀을 드리지 않을 수 없습니다. 부스테르는 자기 처지를 좀 알아야 합니다. 요즘에는 수학을 못하면 출세하기 힘들어요."

"글쎄요, 수학은 그럴지도 모르죠."

아빠가 작은 소리로 중얼거리자 마르틴센 선생이 계속 말했다.

"제가 듣기로는 국어도 크게 나을 것이 없습니다. 도대체 부스테르가 잘하는 것이 하나라도 있는지 모르겠네요……."

아빠는 근심스런 표정으로 부스테르를 바라보더니 천천히 말했다.

"제 생각에는 부스테르가 요들은 아주 잘해요."

오세 선생님이 키득키득 웃기 시작하자 마르틴센 선생님은 손바닥으로 수학책을 내리쳤다. 아니, 더 정확히 말해 수학책 가운데 하나를 내리쳤다. 왜냐하면 수학 선생님은 수업 시간에 열여섯 가지 교재를 사용했기 때문이다.

"오세 선생님은 이게 재미있나 보죠? 부스테르의 체육 선생도 오늘 저녁에 이 자리에 올 수만 있었다면 기꺼이 왔을 거예요. 하지만 오늘 수업 시간에 부스테르 모르텐센에게 발목을 걸어차이는 바람에 참석하질 못했죠. 모르텐센 씨, 그런 걸 뭐라고 부르는지 아세요? 그건 신체 상해예요!"

"부스테르, 네가 정말로 체육 선생님의 발목을 걸어찼니?"

아빠가 침울한 표정으로 물었다.

"체육 선생님이 우리한테 선생님을 막아 보라고 하셨어요."

마르틴센 선생님은 기어이 언성을 높였다.

"어쨌든 이대로는 더 이상 안 됩니다! 모르텐센씨도 똑바로 아셔야 합니다. 어쩌면 오세 선생님 말씀대로 부스테르가 일부러 다른 학생들을 괴롭히는 것은 아닐지 몰라요. 하지만 많은 학부모들이 부스테르에 대해 불만을 말하고 있어요. 부스테르가 자기 아이들한테 나쁜 영향을 미친다는 것이지요. 자기 자녀에게 최상의 학업 분위기를 만들어 주려는 부모를 어느 누가 탓할 수 있겠습니까?"

"그럼요, 누구도 탓할 수 없지요."

아빠가 또다시 중얼거렸다.

"날이면 날마다 뭔가 터지지 않는 날이……."

갑자기 마르틴센 선생님이 더 이상 말을 잇지 못했다. 부스테르

가 조금 전에 아빠한테 배운 마술을 시험해 보면서 얼굴 한가운데
에 빨간 광대 코를 매단 채 마르틴센 선생님을 뚫어져라 바라보았
기 때문이었다.

　오세 선생님의 입에서는 또다시 웃음보가 터졌다. 마르틴센 선
생님은 기겁을 하며 앉아 있던 의자를 뒤로 밀어제치고 일어나면
서 소리쳤다.

　"이거에요, 바로 이거! 며칠 전에는 입에서 종이끈을 끄집어내더
니……. 도대체 이런 것들을 어디서 배웠는지……."

부스테르는 광대 코를 다시 쓱싹 없애 버렸다.

"이건 제가 오늘 저녁에 가르쳐 준 거예요."

아빠가 대답했다. 오세 선생님이 어느새 진지해진 얼굴로 말했다.

"네, 부스테르가 이런…… 에…… 흥미로운 것들을 할 수 있다는 것은 참 좋은 일이에요. 하지만 코를 사라지게 하는 기술만으로 만족할 수는 없죠. 이게 다 부스테르를 위해서 드리는 말씀이에요. 저는 부스테르를 매우 좋아해요. 하지만 착하고 사랑스러운 아이라는 것만으로 만족할 수는 없잖아요? 뭔가 능력이 있어야지요.

특히 여기 학교에서 가르치는 것 가운데 뭔가 잘하는 것이 있어야 하지 않을까요? 만약 그렇지 않다면 언젠가 부스테르가 상실감을 맛보게 되지 않을까 걱정이 되네요."

"아, 네."

"부스테르는 구구단도 제대로 못 외워요!"

마르틴센 선생님이 외쳤다. 교탁 옆에 서 있던 그는 이제 마음이 어느 정도 안정된 것처럼 보였다.

"요즘 같은 세상에 그렇게 말썽만 피워서는 나중에 일자리도 구하기 힘들지요."

"저도 일자리 있어요. 저쪽 아래 우유 가게에요."

그 말을 듣자마자 오세 선생님이 이마를 찌푸렸다.

"일자리? 네 나이에? 부스테르가 아직은 너무 어리지 않은가요, 모르텐센 씨?"

"부스테르는 자기가 할 수 있다고 말하는 것은 정말로 해요. 왜 부스테르가 너무 어리다고 하시나요?"

"아, 네, 물론 그것은 부모님께서 결정하실 문제이겠지요. 하지만 어쨌든 제 생각에는 부스테르가 숙제를 제때에 해 올 수 있도록 부모님께서 신경을 써 주시면 좋겠어요."

아빠는 오세 선생님의 말에 고개를 끄덕였다. 부스테르도 덩달아 고개를 끄덕였다.

오세 선생님은 마음이 한결 가벼워진 듯 미소를 지으며 멋진 시집 한 권을 아빠에게 건넸다. 시집에는 '가격: 2크로네'라고 쓰여 있었다.

"돈은 학급비로 쓰일 거예요."

오세 선생님이 상냥하게 말했다. 아빠가 호주머니에 손을 넣었지만 거기에 돈이 있을 리가 없었다. 부스테르는 팁으로 받은 돈을 은밀히 꺼내어 책상 밑에서 아빠 손에 쥐어주었다.

"여기 있습니다."

아빠는 오세 선생님에게 돈을 건넸다. 이어서 마르틴센 선생님에게 손을 내밀었다.

"오늘 선생님을 뵙게 되어 매우 기뻤습니다. 부스테르한테서 선생님 이야기를 많이 들었어요. 저희도 많이 노력하도록 하겠습니다. 하지만 선생님도 그렇게 흥분하실 필요는 없는 것 같아요. 저희 예술가들은 멸종 위기에 놓인 생물과도 같죠. 선생님도 아시다시피 컴퓨터, 로봇, 미지수가 들어간 방정식 따위는 저희한테 매우 생소한 것이지요. 최근에 저는 뇌레브로의 한 주점에서 일자리를 알아봤어요. 저는 노래도 하고 마술도 할 수 있거든요. 특히 제 카드마술은 이 지방에서 최고로 손꼽히죠. 마르틴센 선생님, 거기 주인이 저한테 뭐라고 했는지 아세요? 그 주인은 신시사이저를 연주할 수 있는 사람을 찾더라고요. 혹시 신시사이저가 뭔지 모르신다면 제가 설명해 드릴게요. 그러니까 그것은 온갖 소리를 만들어 낼 수 있는 기계예요. 만토바니의 열두 현악기부터 딕시랜드 밴조에 이르기까지 못하는 것이 없죠. 그것도 그냥 단추만 누르면 돼요."

수학 선생님은 아빠를 물끄러미 바라보았다.

부스테르와 아빠는 브륀스호이 시장에 있는 한 벤치에 걸터앉았다. 엄마는 두통으로 안정이 필요했고 잉에보르는 걸 스카우트 활동을 하러 갔다. 때문에 둘은 굳이 서둘러 집으로 돌아갈 이유가 없었다. 둘은 잠시 동안 저 사람들은 어디로 가는 걸까? 나이는 얼마나 될까? 등등 이런저런 추측을 하며 시간을 보냈다. 그렇게 15분쯤 흘러갔을 때 아빠가 부스테르의 어깨에 손을 얹으며 말했다.

"학교에서 공부를 잘한다고 해서 나쁠 건 없겠지? 너도 그렇게 생각하지 않니, 부스테르?"

부스테르는 고개를 끄덕였다. 그의 얼굴에는 올해 유난히 많은 주근깨가 생겨났다. 머리카락은 집을 나설 때 제대로 말리지 않아 사방으로 뻗쳐 있었다.

"너는 학교에 다니는 것이 재미없니?"

부스테르는 놀란 표정으로 아빠를 바라보았다.

"재미있어."

아빠는 미소를 띠며 머리를 주억거렸다. 아홉 시가 다 되었지만 주변은 아직도 꽤 밝았다. 아빠는 건너편 주점을 바라보았다. 그곳에 라르센 아저씨가 주사위 컵을 만지작거리며 아빠를 기다리고 있을 터였다.

"부스테르. 나는 라르센 아저씨를 좀 보고 갈게. 너 혼자 집에 갈 수 있지?"

부스테르는 고개를 끄덕였다. 아빠는 자리에서 일어나 셔츠 소맷부리를 재킷에서 끄집어냈고 관자놀이의 머리카락을 조심스레 가다듬었다.

"근데 아빠 돈 없잖아."

아빠는 한바탕 크게 웃더니 맨손바닥이 보이도록 두 손을 치켜들었다.

"여기도 없고 저기도 없고 아무것도 없지!"

아빠는 씩 웃으며 마지막으로 자신의 머리를 가리켰다. 부스테르는 웃음을 터뜨렸다.

"부스테르, 너는 미머슈트라세의 주사위 왕이 누군지 알기나 해?"

아빠는 눈을 깜박이면서 속삭였다.

"다음에는 내가 너한테 아주 멋진 주사위 속임수를 가르쳐 줄게. 하지만 지금은 집에 가거라. 엄마 주무시니까 시끄럽게 하지 말고."

아빠는 성큼성큼 길을 건너갔는데 노란색 양말이 눈길을 끌었다. 노란색 양말은 검은 셔츠와 아주 잘 어울려 보였다.

'그건 그렇고 이제 어쩌지?'

부스테르는 집에 갈 마음이 들지 않았다. 잉에보르는 열 시가 다 되어야 집에 돌아올 것이다. 주변을 둘러보니 교회 첨탑 위에 반달이 걸려 있었다. 반달의 입에서 아주 옅은 안개가 피어나고 있었다.

"달 사나이, 안녕? 그런데 혹시 담배 피우는 거야?"

큰 소리로 외치며 뒤쪽 장터를 돌아 옛 학교 건물 옆을 지나 달렸다. 어느새 부스테르는 그곳에 와 있었다.

그것은 아마도 향기 때문이었을 것이다. 그놈의 향기가 부스테르를 그곳으로 유혹했을 것이다.

라르센 아줌마와의 작별 인사

토요일 밤이었다. 부스테르는 얼핏 잠에서 깨어 뒤척거리다가 잉에보르 쪽으로 몸을 돌렸다. 동생은 자리에 없었다.

'잉에보르가 부르는 것 같았는데?'

순간 눈이 번쩍 떠졌다. 또다시 누군가가 부스테르를 부르는 소리가 들렸기 때문이다. 이번에는 누가 부르는지 또렷이 알 수 있었다. 엄마였다. 엄마의 목소리가 왠지 모르게 다급하게 들려 황급히 이불을 빠져나왔다.

아래층에서는 잉에보르가 줄무늬 잠옷 차림으로 앉아서 입을 꼭

다문 채 책장 쪽을 응시하고 있었다. 아빠는 하얀 민소매 속옷 차림으로 잉에보르에게 등을 돌린 채 창가에 서 있었다. 무슨 이유인지 아빠는 손가락으로 계속 머리를 쓰다듬고 있었다.

부스테르는 어찌된 영문인지 도무지 알 수가 없었다. 이제야 엄마가 눈에 들어왔다. 엄마는 푸른 작업복을 입은 채 오른손을 전화기 위에 걸쳐 놓고 있었다. 도대체 무슨 일인가?

엄마가 마침내 부스테르를 바라보았다. 엄마의 눈은 한참 동안 허공을 헤매다 이제 겨우 초점을 되찾은 것 같았다. 엄마는 기운이 하나도 없는 목소리로 말했다.

"그래, 잘 왔다, 부스테르. 나하고 같이 가자."

"부스테르는 놔두지 그래?"

아빠가 창가에서 힘없이 투덜거렸다.

"옷 입어, 부스테르."

엄마는 아빠를 쳐다보지도 않고 부엌으로 들어갔다.

부스테르는 잠이 덜 깨어 휘청거리면서 다시 계단을 올라갔다. 그리고 바지를 찾아 입는데 잉에보르가 올라왔다.

"무슨 일이야?"

부스테르는 바지 무릎에 난 구멍 사이로 집게손가락을 집어넣으며 물었다. 잉에보르는 침대에 몸을 던졌다.

"라르센 아주머니 때문에 그래. 엄마가 라르센 아저씨를 찾으려고 온 동네에 전화를 했는데도 찾을 수가 없네. 아마 동네 술집이나 음식점에 전화를 안 건 데가 없을걸."

부스테르는 침대 가장자리에 털썩 걸터앉았다.

"라르센 아주머니가 어떻게 됐는데?"

"아주머니가 우리 집 전화번호를 사람들한테 알려 준 것 같아. 아주머니 집에는 전화가 없으니까."

"그래, 그래서 어떻게 됐는데?"

잉에보르는 부스테르를 향해 얼굴을 돌렸다.

"병원에서 전화가 왔는데, 지금 병원으로 오래. 라르센 아주머니가 지금…… 엄마 말로는…… 말하자면 오랫동안 잠들어 계신대.……그리고 어쩌면 한 번 더 깨어나실지 모른다고……."

잉에보르는 이불 속에서 손을 꺼내 눈을 가렸다. 부스테르는 말없이 정면을 응시했다. 바지는 아직도 허벅지에 엉거주춤 걸려 있었다. 잉에보르는 한숨을 내쉬었다.

"오빠는 엄마랑 같이 병원으로 가서 라르센 아주머니한테 작별 인사를 할 거래."

"작별 인사……."

부스테르가 중얼거리자 잉에보르는 이불을 내려다보면서 고개를 끄덕였다.

"엄마가 아빠한테 함께 가자고 했는데, 아빠는 그런 거 못하겠대. 엄마도 혼자는 못 갈 것 같다고 말했어.”

“너는 안 가?”

잉에보르는 고개를 가로저었다.

부스테르는 방 저편으로 건너가 빨랫감이 수북한 광주리를 뒤적였다. 거기에서 하와이 셔츠를 끄집어냈다. 셔츠는 잔뜩 얼룩이 진 데다 마구 구겨져 있었다.

잉에보르는 침대에 올라서 지붕창을 열었다. 신선한 공기가 바람을 타고 침실로 들어왔다.

부스테르는 구겨진 셔츠를 입고 동생이 있는 곳으로 건너갔다. 멀리서, 아주 멀리서 별 하나가 그들을 내려다보며 깜박거렸다.

“참 신기하기도 하지. 우주가 끝없이 계속 펼쳐져 있다니……”

잉에보르가 작은 소리로 말하자 부스테르는 고개를 몇 번 끄덕이더니 자신 있게 말했다.

“우주는 구멍이야. 아주 커다랗고 시커먼 구멍이야.”

“아니야. 우주는 구멍이 아니라 끝없이 큰 방이야. 그 안에서는 모든 것이 계속 이어져 있어, 계속……. 그래서…… 그래서 아마 라르센 아주머니도 계속 살아 계실 거야…… 우주 어딘가에…… 틀림없어. 만약 그렇지 않다면……”

말을 채 끝내지 못하고 잉에보르는 몸을 돌렸다. 부스테르는 침대에서 내려와 알록달록한 셔츠에 얇은 금속 메달들을 달았다. 그

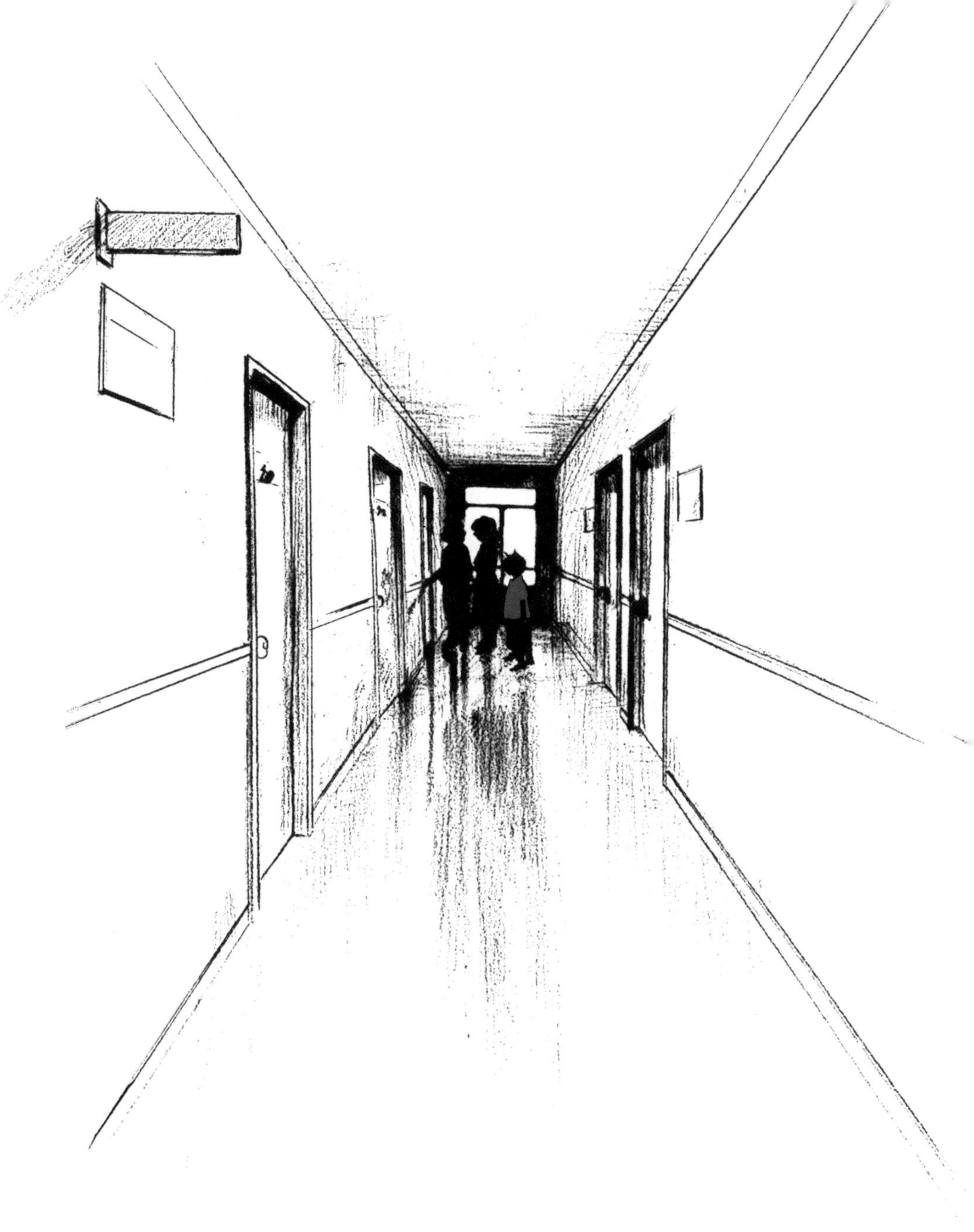

리고 마술 모자가 어디 있는지 찾았다.

그러자 잉에보르가 헛기침을 하더니 잠시 뒤 조용히 말했다.

"그 뾰족한 모자는 그냥 집에 놔두고 가는 게 좋지 않을까?"

"그러는 게 좋겠어?"

잉에보르는 고개를 끄덕였다.

그때 아래층에서 엄마의 목소리가 들려왔다.

"차 왔다, 부스테르! 준비 다 됐니?"

밖에서 택시가 조급하게 빵빵거리기 시작했다.

부스테르는 잠시 모자를 바라보다가 다시 상자 속에다 던져 두고 계단을 뛰어 내려갔다. 두 사람이 비스페비에르 종합병원에 도착했을 때는 이미 날이 밝고 있었다. 엄마가 택시 요금을 계산하는 동안에 부스테르는 병원의 커다란 문 앞에서 숨을 깊게 들이쉬었다. 공기는 신선해서 마치 새것 같았고, 주위는 아주 조용했다.

엄마는 부스테르와 함께 경비실에 들러 어느 병동으로 가야 하는지를 물었다.

부스테르는 이렇게 부옇게 밝아 오는 이른 새벽에는 모든 것에 흰색이 너무 많이 섞여 있다고 느꼈다. 그것은 태양을 똑바로 쳐다본 직후의 느낌과도 비슷했다. 부스테르는 엄마를 놓치지 않으려고 거의 뛰다시피 했다. 엄마는 양말도 신지 않은 채 샌들을 신고 앞서 걸어가고 있었다. 그때 부스테르는 엄마의 다리가 이미 갈색이라는 것을 발견했다.

…… '이제 여자아이들의 다리가 갈색으로 변하기 시작할 테니까' 하고 아빠가 말하지 않았던가?…… 엄마는 유리문 앞에 멈추어 섰다. 그리고 이마 위로 흘러내린 밤색 웨이브 머리를 훅 불어 올렸다. 머리카락은 금세 다시 이마 위로 흘러내렸다. 엄마는 이제야 부스테르를 유심히 살펴보더니 이마를 찌푸렸다.

"맙소사, 너는 왜 하필이면 이렇게 구겨진 셔츠를 입고 왔니? 녹색 스웨터가 깨끗한데…… 게다가 이 많은 메달들은 또 뭐야?"

부스테르는 펭귄이 날개를 접듯이 팔을 오므렸다.

"이 셔츠는 완전히 때에 절었잖아! 아이고 이 철없는 녀석아, 넌 도대체 혼자 할 수 있는 게……."

말을 하다 말고 엄마는 멈칫했다. 그러더니 갑자기 몸을 숙여 부스테르를 껴안았다. 엄마의 눈물이 뺨에 와 닿는 것이 느껴졌다.

엄마는 쭈그려 앉은 채 코를 훌쩍거리며 부스테르를 바라보았다. 부스테르는 이제 엄마가 많이 진정되었으므로 주머니에서 낡은 마술지팡이를 꺼내 보여도 괜찮겠다고 생각했다.

"글쎄, 내가 괜히 너를……."

말을 꺼내다 엄마는 부스테르의 손을 잡고 유리문을 열어젖혔다.

1층에서 두 사람은 라르센 아줌마가 2층에 새로 자리가 난 독방으로 옮겨졌다는 이야기를 들었다.

뭔가 딸칵딸칵 거리는 소리를 빼고는 주위는 아주 조용했다. 2층 접수처에는 한 젊은 간호사가 앉아 있었다. 간호사는 부스테르 일행이 다가오는 것을 보자 안경을 벗고 일행을 친절하게 맞이했다. 그 간호사가 엄마에게 전화를 건 사람은 아니었지만 라르센 아줌마에 대해 모든 것을 알고 있었다.

"라르센 부인의 친척 되시나요?"

간호사가 두 사람에게 앉을 자리를 권하며 물었다.

"저희는 이웃이에요."

엄마가 대답하며 쓰고 온 보닛을 벗어 무릎에서 둘둘 말았다.

"라르센 씨는 가끔…… 제가 라르센 씨를 찾으려고 이리저리 수소문을 해 보았지만……."

"라르센 아저씨는 틀림없이 술에 취해 어디서 주무시고 계실 거예요."

간호사는 눈썹을 추켜올리며 부스테르를 바라보았다. 그러더니 볼펜을 내려놓고 자리에서 일어섰다.

세 사람은 긴 복도의 끝까지 갔다. 간호사는 '12'라는 번호가 적힌 회색 문 앞에 멈춰 서더니 두 사람을 바라보며 나직이 말했다.

"라르센 부인은 30분 전에 운명하셨습니다."

순간 부스테르는 엄마의 손이 자신을 바이스처럼 꽉 움켜잡는 것을 느꼈다.

문이 열렸다. 방 안에는 오직 침대 한 대만이 놓여 있었다. 그리고 위 천장에는 녹색 불빛이 외로이 빛나고 있었다. 커튼이 내려져 있었지만 그사이 날이 밝아 햇빛이 차가운 녹색 불빛과 뒤섞였다. 라르센 아줌마는 잠자고 있는 것처럼 보였다. 침대 커버가 턱까지 덮여 있었고 움직임 없는 얼굴만이 밖으로 드러나 있었다.

"꽃이라도 한 송이 들고 왔으면 좋았을 것을……."

속삭이듯 말하며 엄마는 구부러진 집게손가락으로 라르센 아줌마의 뺨을 쓰다듬었다. '사람들이 아줌마의 틀니를 빼버렸네.'하고 부스테르는 생각했다. 당장에라도 라르센 아줌마가 눈을 떠 자기에게 마술을 한 가지 보여 달라고 부탁할 것만 같았다.

부스테르는 문득 엄마의 눈길을 느꼈다. 엄마가 낮은 목소리로 속삭였다.

"너도 작별 인사를 하지 않을래?"

부스테르는 침대 가까이로 갔다. 한 줄기 선명한 햇빛이 하얀 커튼을 뚫고 들어와 라르센 아줌마의 얼굴을 가로질렀다. 부스테르는 아줌마의 뺨에 가볍게 입을 맞췄다. 아줌마의 뺨이 아주 따뜻하다고 부스테르는 느꼈다.

부스테르와 엄마가 병원 뜰로 다시 나왔을 때는 이미 토요일 밤이 아니라 일요일 아침이었다. 막 병원 문을 나서려고 할 때 부스테르가 제자리에 멈추어 섰다.

"참 그러네."

부스테르가 말하면서 허공을 바라다보았다. 엄마가 이어 받아
말했다.

"그래, 참 그러네."

요안나 네 파티에 초대 받다

월요일 오후 올센 씨 내외는 일하러 온 부스테르가 뭔가 평소와 다르다는 것을 느낄 수 있었다. 고개는 축 처져 있었고 묻는 말에도 한두 마디로만 대답했다. 무엇보다도 눈에 띈 것은 팔 위쪽에 두른 검은 띠였다. 사실 그것은 그저 낡은 스카프였지만, 팔에 둘렀다는 것은 상장喪章을 뜻하는 것이었다.

"무슨 일 있었니?"

올센 아줌마가 걱정스런 표정으로 물었다. 부스테르는 고개를 끄덕이며 한숨을 쉬었다.

“라르센 아주머니가 돌아가셨어요.…… 지금은 코코아 우유도 소용없고 막대 사탕이나 과자나 녹색 레모네이드도 소용없어요.”

올센 아줌마는 어두운 표정으로 냉동고를 닦고 있는 남편을 바라보았다.

“그래? 그러면 하얀 개구리 초콜릿 한 개도 소용없겠네.”

올센 아줌마가 한숨을 쉬며 말했다. 부스테르는 곁눈으로 올센 아줌마를 힐끗 쳐다보았다.

“글쎄요, 개구리 초콜릿 두세 개를 먹으면 기분이 좀 나아질지 저도 잘 모르겠어요.”

부스테르가 고개를 떨어뜨린 채 처량하게 말했다. 올센 씨가 걸레를 비틀어 짜더니 양동이에 휙 던졌다.

“누가 개구리 초콜릿 두세 개를 준다던? 아주머니는 네게 한 개라고 말했어.”

“아르놀! 상중에 있는 아이한테 그게 무슨 소리예요. 자, 여기 있다, 부스테르. 한 손에 한 개씩 주마. 이게 큰 힘이 될 거다.”

부스테르는 안쪽 방으로 가서 초콜릿을 모두 입에 집어넣었다. 올센 아줌마는 사택으로 올라갔다.

그러는 사이에 올센 씨가 부스테르에게 다가와서는 퉁명스럽게 말했다.

“네가 언젠가 나한테 마술을 보여 주겠다고 하지 않았나?”

"아, 네. 하지만 그것은 어디까지나 여자아이들 다리가 이미 갈색으로 변했기 때문이에요."

올센 씨는 입을 벌린 채 부스테르를 바라보았다.

부스테르는 호주머니에서 밧줄 한 개를 찾아냈다. 그때 마침 전화벨이 울렸고 올센 씨는 가게 안으로 뛰어 들어갔다. 잠시 후 다시 돌아왔을 때는 손에 바구니가 들려 있었다.

올센 씨가 씨무룩한 표정으로 말했다.

"자, 또 출발이다. 너도 뭔가 밥값을 해야 하지 않겠니? 어서 자전거를 끌고 다녀오너라!"

부스테르는 마당으로 걸어가 배달자전거를 끌고 왔다. 올센 씨는 바구니와 지갑과 거스름돈을 들고 나왔다.

"자, 여기 있다. 베케스코우바이 18번지다. 조심해서 운전해라, 레모네이드 상자가 무겁다."

그 순간 부스테르에게는 아무것도 보이지도, 들리지도 않았다.

베케스코우바이 18번지……

아! 거기는…….

부스테르는 넓은 차양이 달린 모자를 벗어 팔꿈치로 차양을 닦았다. 마치 검은 눈언저리 콩새 마흔아홉 마리가 가슴 속에서 하늘 높이 날아오르는 것만 같았다.

부스테르는 프레데릭순스바이를 따라 자전거를 몰았다. 마침 개

한 마리가 은행 창가에 오줌을 누려 하자 개를 향해 손을 흔들어 주었다. 그러다 방향을 틀어 클린톨름바이로 접어들었다. 그곳에는 야구 경기를 하는 아이들로 북적댔다. 부스테르는 이어서 피에네슬레우바이로 접어들었고 잠시 후 목적지에 도달했다. 멀리서부터 벌써 향기가 코를 자극했다. 여름을 앞둔 거리는 온통 윙윙거리는 소리로 가득했다. 이곳의 덤불과 나무들은 유난히 푸르고 울창해 보였다. 특히 18번지의 노란 집 근처는 더욱 그랬다. 자전거를 세우고 바구니를 집어 들려는 순간 무슨 소리가 들려 왔다. 소리는 열린 창문을 빠져나와 공기를 타고 울타리 너머 귓속으로 스며들어 왔다. 경쾌하고도 부드러운 소리였다. 그 소리에는 뭔가 초자연적인 것이 담겨 있는 것 같았다. 도대체 어떤 악기에서 저렇게 아름다운 선율이 나올 수 있단 말인가? 피아노 소리와 비슷했지만, 그 선율에는 섬세하면서도 종소리 같은 것이, (적어도 부스테르에게는) 뭔가 신비한 것이 담겨 있었다. 숨을 쉴 때마다 선율은 마음속으로 점점 더 깊이 파고 들어와 거센 소용돌이를 불러일으키는 듯했다.

달걀, 마가린, 휘핑크림이 든 철사 바구니를 들어올리기란 쉽지 않았다. 그러나 해야 할 일은 해야만 했다. 부스테르는 마음을 굳게 먹고 바구니를 잡은 뒤 페인트가 이미 많이 벗겨진 하얀 대문을 엉덩이로 밀어제쳤다. 정원에는 온통 수풀과 관목이 울창하게 뻗어 있었기 때문에 거기서 길을 찾기란 쉬운 일이 아니었다. 어쩌면 언젠가는 집 전체가 녹색으로 뒤덮여 사라져 버릴 것만 같았다.

부스테르는 현관 앞에 이르러 경쾌한 선율이 흘러나오는 창 쪽을 힐끗 쳐다보았다. 그는 발끝으로 살살 걸어가 덧문에 등을 기댄 채 숨을 깊게 들이쉬었다.

선율 사이로 간간이 힘찬 목소리가 들려왔다.

"안단테, 안단테, 손목에 힘 빼고, 요안나, 손목에 힘 빼고, 그렇지, 허리도 똑바로 펴고……."

순간 모든 것이 분명해졌다. 방에서 연주하고 있는 사람은 바로 '그녀'였다.

부스테르는 잠시 몸을 구부렸다가 마음을 굳게 먹고 창 안쪽을 들여다보았다. 그러자 저절로 입에서 탄성이 흘러나왔다. 별다른 가구가 없는 큰 방에는 사방에서 불빛이 내리비쳐 환상적인 분위기를 자아내고 있었다. 불빛이 한곳에 모이는 자리에는 요안나가 멋진 검붉은 옷을 입고 앉아서 피아노를 닮았지만 다리가 삐딱한 악기를 연주하고 있었다. 머리를 올려 묶은 모습이 매우 우아해 보였다. 요안나는 허리를 곧추세우고 있었으며 좀 더 자세히 보니 작은 콧등에는 금테 안경이 걸쳐 있었다. 요안나의 얼굴은 뭐라 말할 수 없을 정도로 아름다웠다. 그러나 부스테르의 눈에는 매우 창백해 보이기도 했다. 아마도 그녀의 피부가 금방 내린 눈처럼 하얗기 때문이리라. 아니면 늘 집 안에서 연습만 할 뿐, 좀처럼 밖으로 나와 햇볕을 쬐는 일이 없었기 때문이리라. 물론 목사님 댁 정원에서 교구 축제가 열렸을 때는 예외였지만 말이다.

요안나의 옆에는 아주 늙은 할머니가 마른 건포도 같은 얼굴을 하고 앉아 있었다. 살갗은 거무스레했으며 얼어 버린 눈처럼 뻣뻣해 보이는 요상한 옷을 입고 있었다. 교구 축제에서 본 여자가 아니었다. 그 덩치 큰 여자가 요안나의 엄마일 리는 없다고 부스테르는 생각했다. 그런데, 과연 엄마가 있기는 한 것일까?

부스테르는 다시 살금살금 현관 앞으로 돌아와 초인종을 눌렀다.

그리고는 거의 몇 년은 흐른 것 같았다. 마침내 발소리가 들리나 싶더니 갑자기 목사님 정원에서 보았던 밥맛없는 덩치가 불쑥 나타나 부스테르를 째려보았다.

부스테르는 깜짝 놀랐다.

"에, 안녕하세요? 목사님 댁에서…… 아니, 에…… 우유 가게에서 달걀을 가지고 왔습니다."

무슨 까닭인지 부스테르의 혀는 스파게티처럼 꼬였다. 그리고 덩치가 아무 대꾸도 없이 위에서 아래로 훑으며 계속 째려보자 오싹한 기운이 머리에서 발끝까지 이어졌다. 그러더니 무릎이 부들부들 떨리기 시작했다.

덩치가 통명스럽게 물었다.

"레모네이드 상자는 어디 있냐?"

“저기, 밖에 자전거 위에요.”

무거운 바구니를 들고 있던 부스테르는 팔이 뻐근해지는 것을 느꼈다.

“그래? 그러면 그것을 갖고 와!”

부스테르는 고개를 끄덕였다. 그러면서 도대체 이 얼간이는 이 더럽게 무거운 바구니를 어디다 내려놓으라는 것일까하고 궁리했다. 그러나 감히 바구니를 내려놓지 못했다. 하는 수 없이 바구니를 다시 질질 끌고 가서 자전거가 서 있는 길가에 내려놓았다. 그런 다음 레모네이드 상자를 부여잡고 다시 현관까지 뒤뚱뒤뚱 걸어왔다. 그사이 밥맛없는 덩치는 팔짱을 끼고 부스테르가 하는 것을 지켜보기만 했다.

부스테르는 너무 힘을 써서 얼굴이 시퍼레지기 시작했다.

“달걀 바구니는 어디 있냐?”

여자가 성난 얼굴로 말했다.

“두 개를 한꺼번에 나를 수가 없어서요, 바구니하고 이 상자를……”

부스테르가 끙끙대며 말하는 사이 상자는 점점 아래로 쳐졌다.

여자는 그제야 상자를 받아들면서 바구니를 가져오라고 시켰다. 부스테르는 바구니를 가지러 가면서 그사이 음악이 멈추었다는 것을 알아챘다.

잠시 후 여자는 책가방만한 지갑을 들고 다시 나타났다. 여자가 부스테르를 유심히 바라보며 물었다.

"근데 어디서 한번 보지 않았나?"

"글쎄요, ……제가 가끔 신문에 나니까…….."

왜 이렇게 말했는지 스스로도 알 수 없었다. 어쨌든 부스테르는 이 심술궂은 여자가 전혀 마음에 들지 않았기 때문에 거짓말을 하면서도 아무 거리낌이 없었다.

"신문에?"

여자는 바구니를 받아들고 계산서를 훑어보았다.

"네, 저는 마술도 하고 연주도 하고 또……."

여자는 100크로네짜리 지폐를 꺼냈다.

"마술도 하고, 연주도 한다고? 무슨 악기를 연주하는데?"

부스테르는 여자에게 거스름돈을 주며 말했다.

"콘서티나요."

그러자 여자의 눈이 휘둥그레졌다. 마음이 내키진 않았지만 부스테르가 보기에도 여자는 예쁜 눈을 가지고 있었다.

"네, 그것은 이렇게 작고 육각형으로 생긴 거예요."

"콘서티나가 뭔지는 나도 잘 알아. 그래서 그것으로 무슨 곡을 연주하는데?"

부스테르는 얼굴을 찡그렸다. 뱃사공의 노래는 대충 할 줄 알지만 그것에 대해서는 입도 벙긋하고 싶지 않았기 때문이었다.

"보통은…… 안단테, 뭐 그런 거……."

부스테르가 중얼거리자 여자가 째려보았다.

그 순간 여자의 등 뒤로 요안나가 보였다. 하지만 요안나는 부스테르를 못 본 듯했다. 부스테르는 한숨을 내쉬며 지갑을 딸그락거렸다. 요안나의 주의를 끌기 위해 지갑을 계속 딸그락거려야만 했고, 마침내 요안나가 부스테르를 발견했다.

"안녕?"

요안나가 아는 체를 하며 그윽한 눈으로 부스테르를 바라보았다.

부스테르가 겨우 입 밖에 낸 소리는 출발하지 못하고 시동만 걸린 자동차 소리 같았다. 덩치 큰 여자가 둘을 번갈아 보았다.

"얘는 부스테르에요."

요안나가 부스테르에게서 눈을 떼지 않고 미소를 지으며 말했다.

"저는 부스테르 오레곤 모르텐센이라고 해요."

부스테르가 자기소개를 하자 덩치 큰 여자의 눈에서 약간 웃는 기색이 비쳤다.

반면에 요안나의 얼굴은 태양처럼 환히 빛나고 있었다. 잠시 적막이 흘렀고, 그것이 점점 더 불편하게 느껴진 부스테르가 입을 열었다.

"제 할아버지는 후숨에서 대포알 사나이로 유명했어요."

이 말이 채 끝나기도 전에 부스테르는 자기가 아주 적절한 말을 했다는 것을 눈치 챘다. 요안나는 신나서 펄쩍펄쩍 뛰면서 손뼉을 쳤다. 그와 동시에 덩치 큰 여자의 얼굴은 100와트 전구를 켠 것처럼 환해졌다. 그것은 부스테르의 엄마가 아빠와 외출할 때만큼이나 예쁜 얼굴이었다.

"얘는 연주도 할 줄 알아요. 맞아! 얘도 오늘 저녁에 같이 연주하면 안 될까요?"

요안나는 애교를 부리며 덩치 큰 여자를 껴안았다. 그러면서 큰 눈꺼풀로 부스테르에게 윙크를 보냈다.

"글쎄,"

들릴 듯 말 듯 작은 소리로 말하며 여자는 턱을 괸 채 부스테르를 갈색 고무신에서 챙 넓은 모자까지 꼼꼼히 뜯어보았다.

"너, 이것 말고 다른 옷도 있니?"

"그럼요!"

부스테르가 신나서 소리쳤다. 그러면서 멋진 마술사 셔츠와 옆에 한자가 새겨진 검정색 새 바지를 머릿속에 떠올렸다. 물론 그 많은 메달들도 빼놓을 수 없었다.

"좋아, 에…… 부스테르. 오늘 저녁에 우리 집에서 작은 파티가 열리는데, 우리가 여섯 시에 식사를 시작하니까 너는 여덟 시쯤 오면 되겠다. 알겠지?"

부스테르는 황홀한 표정으로 고개를 끄덕였다.

"이제 됐니, 요안나?"

"그럼요!" 요안나가 환히 웃으며 말했다.

"콘서티나도 잊지 말고 갖고 와, 그리고 용도! 그런데 그거 아직도 있니?"

"알았어!"

부스테르는 외치면서 벌써 정원 문 쪽으로 가고 있었다.

"용은 다시 그리면 돼!"

"안녕, 부스테르!"

큰 소리로 외치며 요안나는 부스테르에게 손 키스를 보냈다.

부스테르는 프레데릭순스바이를 따라 자전거를 몰았다. 페달을 밟는 다리가 저절로 움직였다. 자전거의 방향을 틀 때는 평소와 달리 예의 바르게 수신호를 보내기까지 했다. 하지만 그 외에는 오로지 파마머리 요안나만 눈에 어른거렸다. '안녕, 부스테르!' 하고 외쳤던 요안나의 말이 오랫동안 귓가를 맴돌았다.

부스테르는 자전거를 우유 가게 마당에 세우고 춤추듯 안쪽 방으로 들어갔다. 그곳에 올센 씨가 양손을 허리춤에 걸친 채 그를 기다리고 있었다.

"너는 도대체 하루 종일 어딜 쏘다니다 이제 오는 거냐?"

"베케스코우바이에요."

부스테르는 눈을 게슴츠레하게 뜨고 대답했다.

"아니, 도대체 자전거를 타고 베케스코우바이까지 갔다가 다시 돌아오는 데 한 시간이나 걸린다는 게 너는 말이 된다고 생각해? 응?"

부스테르는 마음을 진정시키려고 애쓰며 말했다.

"올센 아저씨, 요안나가 오늘 저녁에 저를 초대했어요. 걔네 집에서 오늘 저녁에 작은 파티가 열리거든요. 그 집에서 오늘 그렇게 많은 물건을 주문한 것도 아마 그 때문일 거예요. 저는 콘서티나를 들고 가기로 했어요. 물론 용도 다시 그려야 하고요."

부스테르는 행복에 겨운 얼굴로 올센 씨를 바라보았다. 올센 씨는 큰 소리로 아내를 불렀다. 그러자 마치 성게처럼 머리에 파마용 컬러를 주렁주렁 단 올센 아줌마가 사택에서 허겁지겁 내려왔다. 올센 씨가 탄식하며 말했다.

"여보, 이 꼬마 좀 봐! 애가 어디 나사가 풀린 것 같아. 더위를 먹었는지 아니면 자기 할아버지처럼 대포 속에를 들어갔다 나왔는지……."

올센 아줌마는 쭈그리고 앉아 부스테르를 유심히 바라보다가 말했다.

"내 눈을 한번 똑바로 바라보아라."

"요안나가 저를 초대했어요."

“요안나가 베케스코우바이에 사는 아이냐, 부스테르?”

부스테르는 고개를 끄덕였다. 그러면서 오늘 두 번째로 무릎이 와들와들 떨리는 것을 느꼈다.

그러자 올센 아줌마는 몸을 일으키며 미소를 지었다.

“이를 어째, 우리 부스테르가 사랑에 빠진 것 같아요.”

올센 아줌마는 장난스런 미소를 지으며 남편을 건너다보았다. 올센 씨가 소리쳤다.

“사랑에 빠졌어? 아주 잘하는 짓이구먼. 그것도 한참 일하다 말고……. 그동안 나는 여기서 너를 한 시간이나 기다리면서 여기 대야의 물 높이와 온도를 계속 재고 있었는데, 너는 이제야 돌아와? 그것도 완전히 얼이 빠져서? 우리 때는 그래도 지조가 있었는데, 요즘 애들은 그저 포도 젤리처럼 말랑말랑하다니까.”

그때서야 비로소 올센 아줌마와 부스테르는 올센 씨가 탁자 위에 물이 담긴 커다란 대야 세 개를 나란히 올려놓은 것을 발견했다. 그 가운데 한 대야 위에는 검은색 벨벳 천이 펼쳐져 있었다.

“아르놀, 이게 뭐예요?”

“당신하고는 상관없는 일이야.”

올센 씨는 통명스럽게 내뱉으면서 마음이 상한 듯 두 사람으로부터 등을 돌렸다. 그 순간 부스테르가 끼어들었다.

“아저씨, 이것은 연결된 대야 마술을 하려고 준비해 놓은 거지요, 그렇죠?"

올센 씨가 부스테르 쪽을 힐끗 쳐다보았다. 약간은 난처한 표정으로, 그러나 자랑스럽게 고개를 끄덕였다.

"이건 굉장히 어려운 마술인데, 아저씨가 정말로 이걸 할 수 있어요?"

올센 씨가 고개를 끄덕였다. 그는 자기가 벌써 8까지 쓸 수 있다는 것을 할아버지한테 방금 보여 준 커다란 아이처럼 보였다. 올센 씨가 부스테르에게만 들리게 작은 목소리로 말했다.

"이것은 어제 저녁에 익힌 마술이야."

"아니, 지금 둘이서 무슨 얘기를 하는 거예요?"

올센 아줌마가 끼어들자 부스테르가 올센 아줌마에게 마치 꾸짖는 투로 말했다.

"올센 아주머니, 아저씨가 이제 아주, 아주 어려운 마술을 보여 주실 거예요. 물이 이 대야에서 저 대야로 이동하는 마술이죠. 아저씨가 이렇게 훌륭한 마술사라는 것을 아주머니는 자랑스럽게 생각하셔야 해요."

이렇게 말하며 부스테르는 맥주 상자 위에 자리를 잡았다. 올센 씨는 손을 비비면서 대야 쪽으로 걸어갔다. 부스테르는 올센 아줌마의 귀에다 손을 대고 속삭였다.

"저는 작년에 이걸 익히느라 14일이나 걸렸어요."

그러는 사이에 우유 가게 주인의 목덜미는 점점 더 붉어져만 갔다. 그날 우유 가게 주인이 선보인 마술은 그것이 전부였다.

부스테르 마술 인생 최고의 날

정확히 일곱 시에 부스테르는 모든 준비를 마쳤다. 게다가 잉에보르의 심사를 세 번이나 거쳤다. 부스테르는 번들번들한 빨간색 셔츠와 한자가 새겨진 검은색 새 바지를 입었다. 당연히 뾰족한 모자도 빠뜨리지 않고 머리에 썼다. 또 불을 뿜는 용이 잘 보이도록 셔츠 위 단추를 풀어 제쳤다. 용은 오늘의 파티를 위해서 잉에보르의 그림물감으로 다시 그린 것이었다.

부스테르가 거울 앞에서 이리저리 맵시를 살펴보며 물었다.

"내 향기 어때?"

"어디 향수 가게가 박살난 것 같아."

잉에보르가 코를 쥐어 잡고 말했다.

"왼쪽 겨드랑이에는 아빠 탈취제를 뿌렸고 오른쪽 겨드랑이에는 엄마 것을 뿌렸는데……."

"이건 탈취제 냄새만 나는 게 아닌데?"

잉에보르가 부스테르의 옷 칼라를 세워 주면서 말하자 부스테르는 헛기침을 몇 번 하더니 나직하게 말했다.

"사실은, 엄마의 파란 병에 든 것도 이 용 위에다 뿌렸어."

잉에보르가 눈을 치켜뜨고 째려보았다.

"아이고, 오빠 미쳤어? 그러니까 이렇게 고약한 냄새가 나지. 엄마는 언제나 그것을 귀 뒤에다 아주 살짝만 두드린단 말이야. 지금 오빠한테서 나는 냄새는 얼마나 지독한지 4톤 바위도 깨겠다."

하지만 부스테르는 어깨를 으쓱하더니 마술 도구를 챙겨 들고 요들을 부르면서 계단을 깡충깡충 뛰어 내려갔다.

부스테르가 목적지에 이르기까지는 채 15분도 걸리지 않았다. 주변은 비교적 조용했다. 부스테르는 나무 울타리에 구멍을 내어 안을 들여다보았다. 그러자 장대한 광경이 눈앞에 펼쳐졌다.

파티에는 정말로 많은 사람들이 모여 있었다. 그들은 바깥 정원에 설치된 노란 천막 아래에서 음식을 먹고 있었다. 신사들은 모두 하얀 셔츠를 입고 있었다. 그러나 넥타이는 무지개 색깔만큼이나 가지각색이었다. 여자아이들, 숙녀들, 아주머니들은 대개 밝은 색 옷을 입고 있었다. 그러나 그들의 다리는 모두 갈색이었다.

울타리의 구멍을 조금 더 크게 만들자 요안나가 바로 눈에 들어왔다. 요안나는 우스꽝스럽게 생긴 작은 그네에 앉아 녹색 줄무늬가 있는 자주색 막대 사탕을 빨고 있었다. 목 뒤에는 커다란 밀짚모자가 걸려 있었다. 요안나는 행복하고 만족스러운 표정으로 두 다리를 흔들었다. 부스테르는 지금까지 살면서 그렇게 앙증맞은 양말을 본 적이 없었다.

그 순간 덩치가 부스테르의 눈에 들어왔다. 그녀는 분주하게 이 손님 저 손님과 인사를 나누며 웃고 있었다. 하지만 뻣뻣한 하얀색 옷을 입었던 집시 같은 여자는 보이지 않았다.

정원 뒤쪽 구석에서는 똑같은 옷을 입은 두 여자가 자리에 앉아서 가운데손가락을 걸고 잡아당기는 손가락 씨름을 하고 있었다. 부스테르는 그들이 틀림없이 쌍둥이일 것이라고 생각했다. 왜냐하면 둘이 너무 닮았고 둘 다 갈색 콧수염이 있었기 때문이었다. 그때 이상하게 생긴 작은 피아노가 정원으로 옮겨졌다. (잉에보르는 그것이 쳄발로라고 했다.) 요안나는 팔을 풍차 날개처럼 빙빙 돌렸고 백발의 한 신사는 옆 자리의 아내를 웃기려고 사팔뜨기 눈을 해 보였다. 그러는 사이에 덩치는 접는 의자들을 쳄발로 주위에 두 줄로 정렬했다.

요안나는 밀짚모자를 쳄발로 위에 벗어 놓고 입에 묻은 사탕 자국을 손으로 훔쳤다. 손님들이 기대에 부풀어 접는 의자에 자리를 잡자 덩치는 가슴에 두 손을 얹은 채 환한 얼굴로 손님들을 바라보았다. 바로 그 순간 테라스 문을 통해 한 사람이 모습을 드러냈다. 그는 아주 작았지만 그가 쓴 높고도 뾰족한 모자 때문에 모든 사람들의 눈길을 끌었다.

"부스테르!"

큰 소리로 외치며 요안나가 부스테르를 향해 달려왔다.

덩치는 초대를 취소하는 듯한 손동작을 하면서 부스테르를 물리치려 했다. 그러나 그 자리에 모인 사람들은 이미 마법에 빠져들었다. 왜냐하면 부스테르가 엄청 큰 달걀을 입에서 꺼내 보였기 때문이었다.

요안나는 열광적으로 박수를 쳤다. 그러나 덩치가 다시 정신을 차리고 끼어들었다.

"고맙다…… 에…… 부스테르야. 하지만 이제 그만했으면 좋겠다."

더듬더듬 말하며 덩치는 깜짝 놀란 손님들을 향해 미소를 지어 보이려 애썼다. 그러나 손님들은 이미 커피의 절반을 잔디에 쏟다시피 한 상태였다.

덩치는 손님들로부터 등을 돌린 채 부스테르를 다시 밖으로 몰

아내려고 했다. 그러나 그 순간 손님들은 덩치의 어깨 죽지 사이에
단도가 꽂혀 있는 것을 보고 비명을 지르기 시작했다. 덩치가 눈치
챌 틈도 없이 부스테르가 잽싸게 꽂아 놓은 것이었다. 앞줄의 한
숙녀가 의자에서 옆으로 자빠지는 순간 부스테르는 덩치의 등에서
단도를 뽑았다. 그리고 그것이 속임수라는 것을 증명하기 위하여
손님들이 앉아 있는 곳으로 뛰어 내려가 이 사람 저 사람의 배를
찔러 댔다. 사람들 입에서 비명과 함성이 터져 나와 시끌벅적했다.
이 어수선한 와중에도 부스테르는 4미터 29센티미터나 되는 오렌
지색 종이를 입에서 빼냈다. 잠시 후 손님들이 어느 정도 안정을
되찾자 부스테르는 이제 최신 마술을 선보이겠다면서 덩치에게 튼
튼한 망치와 좋은 주방용 가위를 가져다 달라고 부탁했다.

덩치는 약간 신경질적으로 발을 동동 굴렀다. 그러나 어쨌든 대
부분의 손님들이 즐거워하고 있다는 것을 확인하고는 결국 부스테
르가 요청한 도구들을 가져다주었다.

"얘네 할아버지는 후슘의 대포알 사나이였어요."

요안나가 신이 나서 외쳤다. 부스테르는 작은 탁자 위로 망치를
이리저리 흔들며 지껄였다.

"거짓말이 아닙니다. 훌륭하신 제 할아버지는 4년 동안 후슘에
서 대포알이 되어 하늘을 나셨죠. 마지막 한 번은 너무 높이 날아
가 다시 땅에 내려오기까지 3일이나 걸렸어요. 할아버지는 스토어

헤딩에 남쪽의 룸스케부크트 딸기밭에 떨어지셨는데요, 선견지명이 있으신 할아버지는 다행히도 커다란 버터빵 꾸러미를 안고 계셨죠. 그러나 어쨌든, 신사 숙녀 여러분, 이 세상에서 굼벵이들은 살아남을 수 없습니다. 그리고 요즘에는 수학을 못하면 출세하기 힘들어요. 제 할아버지한테는 퀵이라는 개가 한 마리 있었는데, 그 개는 일곱까지 셀 수 있었어요. 하지만 프레데리시아에서 죽었죠. 어쨌든, 이 자리에 계신 숙녀 여러분의 다리가 멋진 갈색으로 그을었기 때문에 제가 여러분에게 한 가지 마술을 보여 드리고자 합니다. 이것은 제 아버지가 '위대한 오스만'으로 등장하셨을 때 선보인 마술입니다.

참고로 말씀드리자면 제 아버지한테는 에드가라는 고양이가 한 마리 있었는데요, 이 고양이는 귀를 흔들면서 사고(사고 야자나무의 줄기 속에서 나오는 쌀알 모양의 흰 전분으로 식용이나 바르는 풀의 원료로 씀) 녹말로 만든 수프를 네 접시나 먹곤 했지요. 그러나 어쨌든, 존경하는 관중 여러분, 지금 농담할 때가 아닙니다. 저는 여기에 장난으로 서 있는 게 아닙니다. 그냥 오로지 좋아서 서 있는 것입니다. 저기 멋진 파란색 넥타이를 매신 신사분, 여기 위로 잠깐 올라와 주시겠습니까?"

요안나가 박수를 치자 손님들도 따라서 박수를 쳤다. 심지어 덩치까지도 조심스레 박수를 쳤다. 얼마 안 있어 파란 넥타이를 맨 중년 남자가 부스테르 쪽으로 올라왔다.

부스테르는 두 팔을 벌려 이 남자를 맞이했다. 그리고 큰 소리로 물었다.

"성함이 어떻게 되시나요?"

"트라우곳 딘스트."

남자는 교회에서 방귀 뀐 것을 막 고백한 사람처럼 수줍어하며 대답했다. 부스테르가 옆에 있는 깃대 끝이 흔들릴 만큼 큰 소리로 다시 물었다.

"직업이 무엇인가요?"

"저는 시립교향악단의 수석 바이올린 연주자입니다. 여기 우리는 모두 음악가이거나 음악 애호가들입니다. 원래 우리는 천재 소녀 요안나의 연주를 들으러 여기 온 것이지요⋯⋯."

"트라우곳 씨, 넥타이를 푸시지요!"

부스테르가 명령을 내렸다. 남자는 넥타이를 풀러 부스테르에게 건넸다. 그러자 부스테르는 곧바로 넥타이를 아주 잘게 잘라서 자루에 넣었다.

청중석은 다시 시끌벅적해졌다. 트라우곳 씨는 그 넥타이가 오스트리아 남부 지방인 티롤에서 추첨으로 받은 아주 소중한 것이라고 울부짖었다.

"미스터 맥스의 주문을 잘 들으십시오!"

큰 소리로 외치며 부스테르는 뭔가를 중얼거렸다. 그리고 곧바로 자루에서 넥타이를 끄집어냈다. 넥타이는 원래 그대로였다.

잠시 주위는 벨라호이의 참새 한 마리가 발톱을 쪼는 소리가 들릴 만큼 고요했다. 그러다 갑자기 우레와 같은 박수 소리가 온 정원을 뒤덮었다. 심지어 몇몇 손님들은 자리에서 일어나기까지 했다. 부스테르는 이 기회를 이용해 가슴에 그려 놓은 용을 드러내 보였다. 그러자 덩치는 요안나에게 누가 여기에 모기약을 뿌렸냐고 물었다.

"존경해 마지않는 청중 여러분!"

부스테르는 의기양양한 표정으로 외쳤다.

"누가 저의 다음 손님이 되어 주시겠습니까? 혹시 두 번째 줄에 계신 신사분, 네, 거기요. 콧수염을 묶은 두 숙녀분 바로 뒤에, 팔을 몽땅 입에 넣고 계신 분, 잠깐 이리로 가까이 오시겠습니까?"

그러자 얼굴이 빨개진 한 신사가 안짱다리 걸음으로 테라스로 올라왔다. 부스테르는 이 신사에게 손목시계를 풀어 달라고 말했다. 신사가 고분고분 시계를 풀어 주자 부스테르는 그것을 높이 쳐들었다. 사람들은 벌써 박수를 치기 시작했다.

부스테르가 망치와 시계를 양손에 들고 외쳤다.

"자, 여기 망치가 있습니다. 그리고 여기는 시계가 있습니다. 이제 이 시계를 자루에 넣습니다. 이렇게…… 자, 이제 또 한 분이 필

요한데요, 자원하실 분 안 계신가요? 셋째 줄에 앉아 계신 숙녀분 어떠신가요? 자, 좀 더 가까이 오시죠. 네."

작고 귀여운 한 중년 여자가 키득거리면서 부스테르 쪽으로 올라오자 부스테르는 이 여자의 손에 우아하게 입을 맞춘 뒤 이름을 물었다.

"비올라 엘가르 리쉔슈타인. 그냥 스텔라라고 불러도 돼."

신나게 재잘거리면서 여자는 뒤쪽에 앉아 식탁보를 물어뜯고 있는 두 중년 친구를 향해 요염하게 손을 흔들었다. 그때 부스테르가 외쳤다.

"스텔라, 이 망치를 잡으시죠. 자, 이제 이 신사분의 시계가 든 이 자루를 망치로 세 번 내려쳐 주시겠습니까?"

스텔라는 키득거리며 두 손으로 망치를 쥐고 시계가 산산조각이 나도록 자루를 쿵하고 힘차게 내려쳤다. 사람들이 박수를 치자 스텔라는 몸을 굽혀 인사를 했다. 그러나 부스테르는 별 얘기도 없이 잘게 깨어진 쇳조각들을 탁자에 쏟아냈다. 주위는 매우 조용해졌다. 스텔라도 더 이상 키득거리지 않았다.

시계 주인은 부서진 조각들을 뚫어져라 바라보았다.

"이상하네."

중얼거리면서 부스테르는 난처한 표정으로 주위를 둘러보았다. 사람들의 웃는 얼굴이 갑자기 심각한 표정으로 바뀌었다. 몇몇 사람들은 커피 잔을 떨어뜨렸다.

"이제 어쩔 수 없이 극비의 주문을 외워야겠군."

부스테르가 나직이 말했다. 사람들은 숨을 죽였다. 덩치의 꽉 쥔 양손에서 우두둑 소리가 났다. 부스테르는 주문을 외웠다.

"대구 알 30톤,

녹슨 못과 갈고리,

압지의 악령을

이불 위에 뿌려라!"

그러고 나서 부스테르는 뾰족한 모자를 들어 올리더니 거기에서 시계를 끄집어냈다. 시계는 원래 그대로였고 째깍째깍 잘 가고 있었다.

사람들은 의자를 내차며 열광했다. 환호 소리가 정원을 뒤덮은 가운데 요안나는 쳄발로 앞에 앉아 감미로운 선율을 따뜻한 여름 밤의 하늘로 날려 보냈다. 그것은 성 요한 축일의 불꽃처럼 브뢴스호이를 환히 비추었다.

얼마 후 손님들은 집 안으로 자리를 옮겼고, 요안나는 부스테르의 손을 잡아 정원 뒤쪽 하얀 벤치로 이끌었다. 그리고 둘은 그곳에 앉아 서로의 손을 바라보았다.

그렇게 둘은 오랫동안 앉아 있었다. 시간이 얼마나 흘렀을까, 마침내 누가 요안나를 부르는 소리가 들렸다. 그러자 요안나는 부스테르의 입에 가볍게 뽀뽀를 하고 집 쪽으로 달려갔다.

부스테르는 울타리를 등지고 황홀한 얼굴로 하늘에 가득한 별들을 쳐다보았다. 그리고 마지막으로 울타리 구멍을 한 번 더 들여다본 뒤에 터벅터벅 길을 내려왔다.

걱정 마세요, 잘될 거예요

이제 여름 방학까지 일주일밖에 남지 않았다. 신선하고 기운찼던 초여름은 메마른 열기로 뒤바뀌었고 라일락 수풀은 온통 시들시들해졌다.

어느 날 저녁 아빠는 여행 책자를 한 아름 들고 와 식탁 위에 펼쳤다. 부스테르의 가족은 거기에서 가장 아름다운 사진 몇 개를 잘라 내 그것으로 카드놀이를 했다. 승자는 부스테르였다. 그의 '실론'이 엄마의 마지막 카드 '슈바르츠발트 세끼 포함 5일'을 이긴 것이었다. 그런 뒤에 그들은 아빠의 오래된 사파리 복장이 담긴 마분지 상자를 꺼냈다. 그것은 아빠가 매우 유명한 인물의 조수로 있을 때 장만한 것이었다. 그때 사람들은 무엇보다도 진짜 같은 고무 뱀 네 마리와 진짜 중앙아메리카 방울뱀 한 마리를 가지고 마술을 했다. 이 뱀의 독 한 방울이면 성인 남자 네 명이 죽거나 적어도 코감기에 걸릴 만큼 아주 위험하다고 했다.

사파리 복장에는 햇볕을 가리기 위한 헬멧과 카키색 재킷과 무릎까지 오는 반바지도 포함되어 있었다. 비록 부스테르의 가족은 올해 실게보르 해변에서 야영하는 것으로 만족해야 하지만, 사파리 복장은 식구들의 기분과 상상력을 한껏 북돋아 주었다.

부스테르는 이날 올센 씨의 우유 가게에 들러 여름 방학 동안에 일을 그만두겠다고 말했다.

"이를 어쩌나!"

올센 씨는 탄식하며 이마의 땀을 닦았다.

"요즘 애들은 버릇이 없어서 웬만하면 방학 내내 뒹굴면서 녹색 레모네이드나 마시려고 한다니까. 일에는 당연히 흥미가 없고 그저 시간과 돈을 펑펑 써 댈 줄만 알지. 하느님 아버지, 젊은 애들이 이렇게 지조가 없어서야 우리 나라가 앞으로 어떻게 되겠습니까? 포도 젤리처럼, 그래, 포도 젤리처럼 물러 터졌다니까. 옛다, 네 주급이다. 10크로네를 더 줘도 마다하지 않겠지? 어디 가서 싸구려 마술 도구나 사렴. 그래봐야 아무 짝에도 쓸모없는 것이지만. 그리고 내 마누라한테는 10크로네 얘기를 절대로 해서는 안 된다. 내가 뭐 돈 속에서 헤엄치는 백만장자도 아니잖니?"

올센 씨는 크게 한숨을 내쉬었다. 동전 몇 닢을 얹어 주겠지 생각했던 부스테르는 생글생글 웃으며 손을 높이 들었다. 우유 가게 주인은 뚱한 얼굴로 부스테르를 말없이 바라보다가 낮잠을 자러 사택으로 터벅터벅 올라갔다.

부스테르가 마지막 배달을 마치고 가게로 돌아오자 올센 아줌마가 그를 한쪽으로 잡아끌더니 반짝이는 동전 두 개를 손에 쥐어주었다. 그러면서 속삭이듯 말했다.

"올센 아저씨한테는 아무 말도 하지 말거라. 아저씨가 얼마나 구두쇠인지는 너도 알지 않니."

"제 입은 일곱 봉인으로 잠겨 있어요."

"물론 아저씨도 나쁜 사람은 아니야. 돈을 창밖으로 내던지는 것보다는 낫잖아."

올센 아줌마가 미소를 지으며 말했고, 부스테르는 이해심 깊은 표정으로 고개를 끄덕였다. 그리고는 의젓하게 말했다.

"두 다리로 땅을 딛고 있는 사람을 나무에서 딸 수는 없지요."

그날 부스테르는 집으로 돌아가는 길에 달걀 마술을 연습했다. 그것은 아주 커다란 달걀 네 개를 입에서 꺼내는 마술이었다. 그런데 부스테르가 공중전화 박스에 들어가 막 입 동작을 연습하고 있을 때 누가 유리문을 세게 두드렸다.

낯익은 두 얼굴이 부스테르를 빤히 바라보고 있었다.

라르스와 이바르였다.

라르스가 문을 확 잡아당겼다. 부스테르는 수화기를 들고 "거기 소방서지요? 우리 학교가 정말로 잿더미가 되어 버렸어요!"하고 말하고 싶었지만, 미처 그럴 틈이 없었다.

이바르는 라르스 뒤에서 씩 웃고 있었다. 그러더니 둘은 소매를 걸어 올렸다.

"야, 이 바보야, 전화박스 안에서 뭘 하고 있나?"

부스테르는 헛기침을 했다.

"달걀을 내뱉고 있어."

"얼간이가 뭐라고 떠드는 거야?"

이바르가 길고 시뻘건 머리를 들이밀면서 어리둥절한 표정으로 물었다. 그러나 키 큰 라르스는 점점 더 성을 내기 시작했다.

"너 또 나를 골탕 먹이려고 그러는 거지? 달걀을 뱉어 봐! 너 좀 머리가 어떻게 된 거 아냐?"

부스테르는 순진한 표정으로 말했다.

"그건 그래, 라르스. 나는 우유 가게 배달부거든. 달걀을 고객에게 배달하기까지 깨뜨리지 않으려고 삼켜서 위 속에 보관하는 거야. 그러면 깨질 염려가 전혀 없거든."

"넌 네가 뭔지 알기나 해, 부스테르?……너는 완전히 골통이 비었어. 네가 그렇게 계속 뻔뻔하고 버릇없게 굴면 세상 사람들의 우스갯거리밖에 안 될걸. 어쨌든 넌 이제 전화번호부를 양쪽 귀에다 매달 준비나 해. 우리는 네가 나불거리는 것을 더 이상 들어 주고 싶지 않아!"

부스테르는 주위를 둘러보았다.

"그런데 여기는 업종별 전화번호부밖에 없는데."

부스테르가 중얼거리자 라르스는 시퍼런 얼굴로 소리쳤다.

"입 닥쳐!"

"에, 그런데 먼저 달걀 좀 빼내도 될까? 달걀에 금이라도 가면 우유 가게 주인아저씨가 난리를 치거든."

라르스와 이바르는 서로의 얼굴을 바라보았다. 그러더니 이바르가 천천히 고개를 끄덕였다.

부스테르는 정신을 집중하면서 달걀 한 개를 입 밖으로 내뱉었다. 그 뒤부터 달걀이 아주 일정한 간격으로 쑥쑥 나왔다.

"이제 다 나온 것 같네."

부스테르가 말을 마치자마자 덩치 라르스가 풀죽은 소리로 말했다.

"나는 집에 가서 좀 누워야 할 것 같은데. 어딘가 몸이 안 좋은 것 같아."

이바르도 고개를 뻣뻣이 쳐든 채 뒷걸음질 쳐 전화박스를 빠져 나갔다.

둘은 이내 사라져 버렸다. 부스테르는 살점 붙은 뼈다귀를 싸게 파는 정육점으로 갔다. 부스테르는 우유 가게에서 받은 돈으로 네로에게 맛있는 것을 선물하고 싶었다. 물론 그런다고 해서 네로의 사팔눈이 다시 정상으로 돌아오지는 않겠지만 말이다.

"뼈만 주세요." 부스테르가 정육점 주인에게 말했다. "돈을 창밖으로 내던질 수는 없잖아요?"

이제 여름 방학을 앞두고 마지막 체육 시간이 끝나가고 있었다. 샤워장에서 떠드는 아이들 머리 위로 물이 쏴 소리를 내며 쏟아졌다. 부스테르가 수건으로 몸을 닦으려 하자 에스벤이 부스테르의 손에서 수건을 낚아챘다.

"애들아 저것 봐, 쟤 거시기에 벌써 털이 나네!"

엔스 올레가 구석에서 깔깔대며 부스테르를 놀리자 에스벤이 수건을 휘두르며 외쳤다.

"부스테르, 커다랗고 무시무시한 원숭이 흉내를 내 봐! 방학하기 전 마지막 공연이 되겠네. 빨리 해 봐! 안 하면 수건 안 줘."

아이들은 모두 일어나 난리법석을 떨었다. 그러나 부스테르는 영화의 한 장면을 머릿속에 떠올리며 혼자 씩 웃었다.

“쟤 옷을 뺏어!”

엔스 올레가 소리치자 군나르가 부스테르의 옷을 둘둘 말아 긴 의자 위로 뛰어올랐다.

부스테르는 창밖을 내다봤다. 참 좋은 날씨다. 부스테르는 크라베스홀름바이에서 이따금 아주 독특한 소리가 나는 장소를 발견했다.

부스테르는 몸을 굽혀 책가방에서 필통을 꺼냈다. 그러는 동안 다른 아이들은 수건을 곤봉처럼 사용하려고 둘둘 말아 물에 적셨다. 아이들이 일제히 소리쳤다.

“부스테르, 빨리 시작해!”

그러나 부스테르는 옆 샤워장에서 여자아이들이 떠드는 소리에 몰래 귀를 기울이면서 최대한 천천히 지우개를 입에 넣었다. 그러고 나서 아주 침착하게 머리카락을 치켜세우고 으르렁거리며 이빨을 드러냈다.

바로 이때 바깥 복도가 시끄러워졌다. 여자아이들이 샤워를 마치고 나가기 시작한 것이다. 이제야 고릴라는 고성을 지르는 아이들 사이를 휘저으며 뛰어다녔다. 그리고 1초나 지났을까? 눈 깜짝할 사이에 고릴라는 벌거벗은 엔스 올레를 복도로 밀어냈다. 복도에서 엔스 올레가 깨갱거리며 여덟 번이나 제자리에서 빙빙 도는 사이에 여자아이들은 머리를 맞대고 킥킥거렸다.

화가 머리끝까지 치민 옌스 올레가 남자 탈의실로 다시 들어와 부스테르에게 온갖 욕설을 퍼부었다.

"존경하는 신사 숙녀 여러분," 하고 외치며 부스테르는 거시기 앞에 수건을 치켜들었다. "이제 여러분은 세상에서 가장 놀라운 거시기 마술을 보게 될 것입니다……."

바로 이때 체육 선생님이 나타났다. 올센 선생님은 진저리가 난 표정으로 부스테르와 얼굴이 시뻘게진 아이들을 바라봤다.

"또 원숭이냐? 빨리 옷들 입어."

아이들은 서둘러 옷을 입었다. 방학이 그들을 기다리고 있지 않은가? 하지만 부스테르는 옷가지를 찾느라 마지막까지 남게 되었고, 덕분에 바닥을 말끔히 닦은 뒤에야 탈의실을 나올 수 있었다.

부스테르가 복도로 나서니 학교는 어느새 텅 비어 있었다. 부스테르는 교정으로 향하는 계단에 멈추어 서서 기지개를 켰다. 공기를 가슴 깊이 들이마시면서 하늘을 올려다봤다. 그리고 크게 외쳤다.

"라르센 아주머니, 이제 방학이에요. 아주머니, 구름을 너무 많이 보내지 말아 주세요, 아셨죠? 그리고 비가 오더라도 웬만하면 밤에만 오게 해 주세요."

이때 어디선가 마르틴센 선생님이 나타나 검은 자전거를 끌어냈다. 선생님은 보이 스카우트 셔츠를 입고 있었다. 셔츠에 달린 표지는 그가 여든일곱 가지 매듭을 만들 수 있으며 부엉이의 울음소리를 흉내 낼 수 있다는 것을 말해 주고 있었다.

"부스테르 모르텐센, 집에 안 가고 뭐하니?"

"아, 네, 선생님, 방학 때 날씨가 좋으라고 잠깐 빌었어요."

부스테르는 수학 선생님에게 미소를 지어 보이며 길을 지나갔다.

"도대체 뭐가 되려고 저러는지……"

수학 선생님은 탄식하면서 손목시계를 내려다봤다. 부스테르가 활짝 웃으며 말했다.

"걱정 마세요, 잘될 거예요."

꼬마마술사 부스테르의 세계

이 책은 덴마크의 소설가이자 시나리오 작가인 뱌르네 로이터가 쓴 청소년 소설 『부스테르의 세계Busters verden』1980 독일어판2003을 옮긴 것이다. 이 소설은 로이터가 지은 수많은 작품 가운데 대표작으로 손꼽히며, 1984년에는 덴마크에서 텔레비전 시리즈물로 제작 방송되어 큰 인기를 끌기도 했다. 이것을 다시 편집해 만든 영화는 1985년 베를린국제영화제에서 CIFEJ청소년영화상과 UNICEF유엔아동기금상을 수상하여 큰 화제가 되었다.

이 소설의 주인공 부스테르는 12살의 소년이다.

부스테르는 절름발이 여동생 잉에보르, 예전엔 마술사였지만 지금은 실업자에 술주정뱅이인 아버지, 가족을 부양하기 위해 청소부로 일해야만 하는 어머니와 함께 코펜하겐에서 산다.

사실 부스테르가 내세울 것은 아무것도 없다. 그럼에도 부스테르는 특유의 명랑함으로 단박에 독자를 사로잡는다. 가진 재주라곤 아버지에게 배운 몇몇 가지 마술뿐이지만—때로는 그 마술로 여러 곤욕을 치르기도 하고, 선생님에게 한심한 아이로 낙인찍히기도 하지만—그는 결코 주눅 들지 않는다. 오히려 그럴수록 일상사에서 부딪치는 각종 문제를 씩씩하고 유쾌하게 풀어 간다. 이런 꼬마마술사의 걸음을 따라가다 보면, 때 묻지 않은 순수한 영혼의 마력에 저절로 빠져들게 된다. 그리하여, 마침내 요안나가 다가와 부스테르에게 키스를 할 때는 독자들마저 따뜻해지는 것이다.

부스테르는 한 학기를 마치는 날, 자신을 걱정하는 선생님을 향해 소리친다.

—걱정 마세요, 다 잘될 거예요.

사실, 부스테르의 이 천연덕스런 인사는 독자들을 향한 것이기도 하다. 나이가 어리든 많든, 공부를 잘하든 못하든, 사람들은 다 제각각 얼마나 고달프고 힘든 길을 가고 있는가. 부스테르는 이런 세상을 향해 선뜻 손을 내밀어 주는 것이다.—걱정하지 말아요. 다

잘될 테니까요.

　영화처럼 펼쳐지는 문장의 탁월한 묘사도 이 소설의 큰 장점이다. 독자들도 부디 재미나고 따뜻한 부스테르의 세계에 빠져 보기 바란다.

아침이슬 청소년 ✱ 012

꼬마 마술사 부스테르

첫판 1쇄 펴낸날 | 2010년 4월 19일

지은이 | 뱌르네 로이터
옮긴이 | 최호영
펴낸이 | 박성규

펴낸곳 | 도서출판 아침이슬
등록 | 1999년 1월 9일(제10-1699호)
주소 | 서울시 마포구 합정동 411-2(121-886)
전화 | 02)332-6106
팩스 | 02)322-1740
이메일 | 21cmdew@hanmail.net

ISBN 978-89-6429-101-6 44890

책값은 뒤표지에 있습니다.